迷宮

미궁

나카무라 후미노리

양윤옥 옮김

KB192107

놀

차
례

"너는 선택을 해야 해."

흰 가운을 입은 남자가 아직 어린 나에게 말했다.

"사람들과 그럭저럭 어울려 사는 존재가 되느냐, 아니면 사람들이 모두 등을 돌리는 존재가 되느냐······. 얘, 지금 내 이야기 듣고 있어?"

남자는 거기까지 말하고는 내게 미소를 지었다. 나는 내 오른쪽 허벅지를 벅벅 긁었다. 불안할 때마다 항상 하던 대로. 뭔가 내 안에 들어오려 하고 있었다. 아직 어린 내 정신으로는 미처 막아낼 수 없는 뭔가가.

"그렇잖아? 이대로 가면 다들 너를 싫어하게 돼. 같은 반 친구들하고 말도 안 하고, 선생님이 불러도 전혀 반응이 없고, 새엄마하고도 잘 지내려고 하지 않지? 그냥 음울한 눈빛으로 내내 어딘가를 보고 있어. 뭐, 지금은 그나마 괜찮겠지. 하지만 내 말 잘 들어. **그렇게 살아가면 말이지, 어른이 되어서 엄청 힘들어져.**"

그 방은 넓고 청결하게 유지되었다. 상대를 방심하게 하기 위해서인지도 모른다. 흰 가운을 입은 남자는 갑작스럽게 텔레비전을 켰다. 아마도 내게 보여주려고 미리 준비했을 뉴스 방송 녹화 테이프. 지쳐버린 한 남자의 영상이 떴다. 무슨 이유에서인지 누군가를 뭔가 흉기로 죽인 남자의 영상이었다.

"극단적으로 말해서 저런 사람이 될 수도 있어. 너도 그건 싫지? 저 사람은 고독했어. 너도 그래. 아니, 네 경우에는 친구가 한 명은 있는 것 같더구나. 이름이 뭐라고 했더라?"

어떻게 R을 알고 있을까. 나는 의아했다. R은 내가 이런 일을 당하는데도 도와주러 올 기척도 없었다. 보통 때 같으면 내 머릿속에서 항상 말을 꺼내주곤 했는데. R은 곧잘 "그렇지 않아"라고 말하곤 했다. 그렇지 않아, 좀 더 사람들이 싫어할 짓을 해야지. 너는 독립했으니까. 빈틈을 보여서는 안 되니까.

"이 세계는 너 한 사람에게만 주어진 게 아니야."

남자의 말은 아직 끝나지 않았다.

"그러니까 네 멋대로 살아갈 수만은 없어. 자기만의 내면에서 살아갈 수도 없어. 언젠가 세계는 너를 공격할 거야. 그리고 공격받은 너는 그 세계에 복수하려고 하겠지. 지금 텔레비전에 나오는 저 사람처럼……. 저렇게 되기 전에 너는 바뀌지 않으면 안 돼. 아무하고도 말을 하지 않고, 아무리 아직 어린애라지만 기묘한 듀엣처럼 모습도 보이지 않는 존재하고만 이야기하는 너를 누가 제대로 상대해 주겠어? 내가 하는 일은, 너처럼 일탈해 버린 비뚤어진 개성을 너무 늦기 전에 교정해서 세상에 돌려보내는 거야."

흰 가운의 남자는 갑작스럽게 텔레비전을 껐다.

"그래서 한 가지 제안을 하겠어."

남자가 다시 미소를 지었다. 내가 좋아하려야 좋아할 수 없는 웃음으로.

"너의 그 분신에게 모든 것을 책임져 달라고 하는 건 어떨까. 네 내면의 음울한 부분 모두를. 그 분신은 아직 미숙한 너의 자아에 들어온 이물異物이야. **어디서 왔는지는 모르겠지만 말이야.** 하지만 마침 잘됐잖아. 그 분신에게 책임져 달라고 하

9

자. 너의 음울함을."

흰 가운을 입은 남자가 내게로 다가왔다.

"너의 침묵을. 오른쪽 허벅지를 긁어대는 네 버릇을. 오른쪽 눈만 질끈 감는 습관적인 틱을. 새엄마의 속옷을 훔치는 짓을. 같은 반 친구 유리를 껴안아버린 실수를."

남자가 나를 지그시 바라보았다.

"남을 믿지 않는 것을. 남을 경멸하는 습관을. 남이 너를 만질 때의 이질감, 남이 만진 대상에 대해서까지 느끼는 그 과민한 이질감을. 지나치게 빠른 성에 대한 욕망을. 남들이 너를 보고 미간을 찌푸릴 만한 모든 것을."

"R은."

나는 처음으로 목소리를 냈다.

"만일 그렇게 되면 R은……."

"R은?"

흰 가운을 입은 남자는 나를 보고 미소를 지었다.

"R은 너에게서 떨어져 어딘가 먼 곳에 있는 진흙탕 속으로 갈 거야. 너의 모든 음울함을 등에 짊어진 채로. 그리고 그 넓고 더러운 진흙탕 속에 파묻혀 버릴 거야. 다시는 빠져나올 수 없을 만큼 철저하게. 어디 이래도 버티나 보자, 라고 할 만큼

떡이 되게 두들겨 맞고, 참혹하게 쓰레기처럼 파묻혀 버릴 거야. 그리고 너는……."

남자는 눈을 가느스름하게 뜨고 내 얼굴을 보았다. 뭔가 미안하다는 듯이.

"그럭저럭 명랑해질 거야. 장래에는 뭐든 일을 하면서 여자도 사귀고 네 나름대로 이 따분한 세계 안에서 살아갈 거야. 다들 행복이라고 생각하는 것을 행복이라고 생각하면서, 세계가 제시해 주는 다양한 인생 모델, 그중 어느 것 하나를 자연스럽게 선택하겠지. 때로는 외국의 굶주린 아이들에게 동정심을 베풀어도 좋아. 때로는 삶의 의미는 무엇일까, 하고 생각해 봐도 좋아. 그럭저럭 재미있을 거야. 아마도."

1

나답지 않은 짓을 하자고 생각했다.

평소의 나라면 하지 않을 짓을. 거부감이 느껴질 만한 짓을. 설령 나 자신까지 불쾌해질 만한 짓이라도. 내 존재의 경향이라는 것이 있다고 치고, 그것과는 반대되는 짓을, 때로는 무리를 해가면서라도.

방 천장이 낮게 느껴졌다. 여섯 평 남짓한 간소한 원룸. 어제는 알지 못했지만, 슬림핏 스타일의 회색 양복이 옷걸이에 걸려 있었다. 목을 맨 사람처럼. 목을 매서 불쾌한 키홀더같이 된 사람처럼.

"밥, 먹어야 해?"

"있어?"

"없는데…….."

그녀가 나를 돌아보지 않고 그렇게 말했다. 별로 관심도 없어 보이는 얼굴로 작은 텔레비전을 보고 있었다. 어제보다 그녀는 지쳐 보였다. 화장을 하지 않은 탓인지도 모른다. 맨살의 인간, 이라고 갑작스럽게 생각했다. 내 취향도 아닌데 나는 곧잘 낯선 여자의 방에, 이런 귀찮아하는 표정의 여자의 방에, 아침까지 있곤 한다. 바에서 술을 마시다가 서로 반은 달랐지만 예전에 같은 중학교에 다녔다는 것을 알았다. 하지만 그걸 핑계로 대화를 이어 나가봤자 면식面識도 거의 없었고, 우연이라고 하면 그렇긴 하지만, 그리 대단한 우연도 아니었다. 나는 노는 데 익숙하지 않다. 이런 상황을 능숙하게 처리할 능력도 없다. 능숙하게 처리하고 싶다는 생각도 못 한다.

나는 면바지만 입고 웃통은 벗은 채 그녀에게 다가갔다. 별로 다가가고 싶지도 않았는데. 그녀는 피하는 몸짓도 받아들이는 몸짓도 보이지 않았다. 염색한 긴 머리칼에 베이지색 커튼에서 새어나온 빛이 반사됐다. 가느다란 눈으로 나를 멍하니 쳐다보고 있었다.

"밥, 정말 괜찮아?"

"없다면서?"

"그렇긴 한데……."

방에 걸린 시계를 보았다. 새가 날아가는 그림이 찍혀 있는 낡은 시계. 지금 바로 집에 돌아가 옷을 갈아입고 출근하더라도 지각할 것이다. 아예 이참에 관둬버리는 건? 하고 싶지도 않은데 지금 다시 한번 그녀와 침대 위로 올라가고, 회사는 무단으로 결근해 버리는 건? 그녀는 아직 텔레비전 화면을 보고 있었다. 똑같은 영상이 벌써 몇 주일 전부터 되풀이해서 흐르고 있다. 원자력발전소에서 피어오르는 진한 회색 연기.

"밥 먹을 시간 없어. 밥이 있든 없든. 그보다, 누구와 함께 살고 있지?"

"누구?"

"돌아오면 일이 귀찮아질 텐데?"

걸려 있는 양복을 보면서 멍하니 상상했다. 별 관심도 없는 여자를 두고 나는 일부러 그 남자와 쟁탈전을 벌인다. 이를테면 현관에서, 좁은 복도에서, B급 영화처럼. 나는 잘못해서 그를 죽일지도 모른다. 그리고 도망친다. 길을 잘못 든 것을 후회하면서. 어디까지 도망칠 수 있을까.

"괜찮아, 안 돌아올 거니까."

"그래?"

"응, 행방불명이야."

그녀는 아직도 텔레비전을 보고 있었다.

그 말에는 반응하지 않기로 했다. 나는 담배에 불을 붙였다. 두 달 전까지 끊었던 담배.

"집에 들렀다가 가려면 회사, 지각이야."

"회사 다녀?"

"응. 너는? 괜찮아?"

"나는……."

그녀는 뭔가 말하려다가 입을 다물었다. 자신의 소중한 비밀을 지키려는 듯이. 그녀가 화제를 바꿨다.

"그 옷 그대로 입고 가면 되잖아."

"안 돼. 오늘은 사람도 만나야 하고."

"그럼 저거 입고 가면 되겠네."

그녀가 걸려 있는 양복을 쳐다보며 말했다. 왜 그런지는 모르겠지만 심장의 두근거림이 조금 빨라졌다.

"남의 옷인데……."

"아니, 괜찮아. 행방불명이라니까. 사이즈는 맞을 거야."

나는 면바지를 벗고 그 양복바지를 입었다. 와이셔츠를 팔에 꿰어 입고 넥타이를 매고 상의를 걸쳤다. 멀리서 사이렌 소리가 들렸다. 품이 약간 크지만 나와 거의 같은 사이즈. 흰색과 감색의 수수한 넥타이. 사이렌이 계속 울리고 있었다.

　"잘 어울리네."

　그녀가 미소를 지었다. 억지 애교를 부리는 것처럼, 내 의식 깊은 곳을 짜증 나게 하려는 것처럼. 그녀의 가느스름한 눈이 더 가늘어졌다.

　"그럼 갈게."

　"응."

　또 올게, 라고 말해야 할까. 장식장 위에 놓인 달력이 작년 것이라는 걸 알았다. 나는 현관문을 열고 원룸 밖으로 나섰다. 걸어가면서 왠지 시선이 느껴졌다.

2

유리문에 손이 거쳐 간 무수한 흔적이 있었다.

나는 일부러 그 허연 부분을 밀어 문을 열었다. 아직 나온 사람은 많지 않다. 너무 일찍 왔다고 생각했다.

"안녕하세요?"

"응."

"새로 샀어요? 좋은데요."

후배 기즈카가 내 양복을 보고 말했다.

"응."

"잘 어울려요. 어딘가 신견新見 선배답지 않긴 하지만."

나는 일단 내 자리에 앉아 파일을 펼쳐보려다가 관두고 바깥 비상계단으로 나갔다. 재떨이 앞에서 담배에 불을 붙이는 참에 가토 씨가 다가왔다. 서둘러 담뱃불을 끄려고 했다. 시늉으로만.

"아, 괜찮아, 업무 시작 전이니까. 그보다 부탁할 게 있는데……."

왜 그런지 오늘 가토 씨는 안경을 쓰고 있다. 그의 양복에 붙은 변호사 배지. 나는 내가 토해내는 연기를 그의 얼굴에 훅 뿜는다면 어떻게 될까, 하고 상상했다. 상식적인 그는 어떤 얼굴을 할까. 그다음에 나는 무슨 말을 할까. 사과할까.

"야마베 말인데, 찾아가서 상태를 좀 보고 와."

"왜요?"

"관두겠다면 뭐, 좋아. 어쩔 수 없으니까. 단지 그 친구, 이상했었잖아. 마지막에. 우리 사무실을 고소할지도 몰라."

미친 사람이라면 고소해도 우리가 이기겠죠, 라고 나는 말하지 않았다. 뭔가 그가 미쳐버릴 만한 짓을 했나요, 라고도 말하지 않았다.

"상태를 보고 그가 어쩔 생각인지 물어보면 될까요? 에둘러서 얘기하는 게 좋겠죠?"

"가능하면 그렇게 해줘. 자네, 그 친구하고 동기잖아. 자주 함께 어울렸지?"

나중에 미쳐버린 사람과 함께 어울렸던 게 잘못입니까, 라고는 말하지 않았다. 나는 고개를 끄덕였다.

"당장이 아니라도 괜찮아, 자네 좋은 시간에 다녀와. 그냥 어떤 상태인지 보고 오기만 해도 돼. 통원 치료를 받는지 어떤지, 그런 거."

앞으로 가토 씨는 내 근황을 자꾸 물을 것이다. 단지 이 일만으로. 나와 이런 얘기를 했던 게 마음에 걸려서.

"공부는 잘하고 있나, 사법고시?"

"네."

공부하고 있지 않습니다, 라고는 말할 수 없다. 이미 변호사가 되는 것에는 아무 흥미가 없다는 말도.

"그래, 중요한 건 강한 의지야. 열심히 해봐."

"네."

가토 씨는 사무실로 돌아가려다가 뒤를 돌아보았다. 눈가가 피곤에 절어 있었다. 요즘 몹시 바빴기 때문이리라.

"자네, 요즘 좀 달라졌나?"

"예?"

"아, 아니, 아무것도 아냐."

시계는 오전 여덟 시를 가리키려 하고 있었다. 타임카드를 찍지 않으면 안 된다.

오후가 되자 의뢰인이 찾아왔다. 채무자, 라고 하는 게 정확할지도 모른다. 인생의 수지타산이 마이너스가 된 사람들. 이 사무실에는 수많은 채무자가 찾아온다.

개인파산 외에는 달리 방법이 없는 사람, 아직은 임의변제나 개인회생 등으로 수습이 가능한 사람. 이번 의뢰인은 임의변제로 진행한다. 서민금융기관 여러 곳에서 오백육십만 엔의 대출이 있었다. 하지만 원래의 금리 이상으로 변제해서 과납금이 발생했다. 그는 이미 자신의 진짜 빚 이상의 액수를 높은 이자로 낸 상태였다. 이런 사람이 많다.

"다시 돌려주지요, 대개는⋯⋯."

가토 씨가 그렇게 말했다. 나는 드디어 전자계산기를 두드리는 것을 끝내고 테이블에 앉았다.

"빚은 없어지고, 대략 백오십만 엔쯤은 다시 돌려줄 겁니다. 그다음은 금융업자 나름이지만."

눈앞의 채무자가 깜짝 놀라고 있었다. 마이너스가 플러스가 되었기 때문이다.

"하지만 임의변제를 하면 한동안 대출 받기가 힘들어져요. 할부도 마찬가지고. 괜찮겠습니까?"

눈앞의 채무자가 몇 번이나 고개를 끄덕였다. 그러고는 울음을 터뜨렸다. 바보같이.

타임카드를 찍고 사무실을 나섰다. 후배 기즈카가 한잔하자고 했지만, 웃는 얼굴로 거절했다. 너는 착한 녀석이지만 싫어, 라고는 말하지 않았다. 네 아내 얘기도 애들 얘기도 듣고 싶지 않아, 라고도 말하지 않았다.

이 양복을 돌려주러 갈까. 이대로 가만히 있으면 이제 그 여자와 만날 일도 없다. 연락처도 알려주지 않았다. 같은 중학교에 다녔다지만 그녀는 반도 다르고 기억도 나지 않을 만큼 존재감이 희박했고, 분명 금세 다른 학교로 전학했을 터였다.

하지만 나는 양복을 돌려주러 가고 있었다. 다시 그 애교 있는 웃음을 지어주면 좋을 텐데. 그녀를 화나게 하는 것도 좋다. 그런 짓은 하고 싶지 않더라도 억지로.

복합빌딩에서 나오자 한 남자가 다가왔다. 평범한 남자였다. 수수한 양복에 수수한 넥타이, 눈에 띄지 않는 남자다. 그는 나를 보고 가볍게 머리를 숙였다. 뜬금없는 타이밍이다. 나를 노리며 기다렸다는 생각이 들었다. 왜 그런지 웃음을 짓고 있었다.

"갑작스럽게 미안한데, 나는 이런 사람입니다."

남자가 명함을 내밀었다. 탐정사무실 명함이었다.

"실례지만, 어젯밤에 사나에 씨와 함께 있었지요? 잠깐 얘기 좀 해도 될까?"

"무슨 일이죠?"

"아니, 아니, 별일은 아니고."

그가 과장스럽게 미안하다는 몸짓을 보였다. 그렇게 하는 게 매우 유쾌하다는 듯이. 그러면서도 그는 내 양복에 시선을 던지고 있었다.

"당신에게는 전혀 피해가 갈 일이 아니야. 혹시 내 얘기가 불쾌하다면 중간에 자리를 떠도 돼. 어디 가서 잠깐만 얘기 좀."

오래된 찻집. 공중에 매달려 있는 뒤집힌 튤립 같은 조명에 먼지가 쌓였다. 열기에 먼지가 후르르 타오를지도 모른다. 어떤 소화消火 수단도 통하지 않고, 한꺼번에 후르르.

"사나에 씨를 만난 건 어젯밤이 처음이지?"

"……꼭 대답할 필요는 없죠?"

나는 그렇게 말했다. 평소 같으면 그런 식으로는 말하지 않는데. 타인과의 사이에 생겨난 긴장이나 침묵은 끔찍하다. 조금 전의 나라면 대략 이런 때는 계속 지껄인다. 하고 싶지도 않은 말을.

"물론이지. 실례했습니다. 이거야, 심문하는 거 같네."

심문, 이라는 말이 왠지 머릿속에 남았다.

"실은 이 사람을 찾고 있거든."

남자가 내게 사진을 내보였다. 안경을 쓴, 신경질적으로 보이는 마른 남자.

"모르는 사람인데요."

사진 속의 남자는 이 양복을 입고 있었다.

"응, 모를 거야. 이 사람은 당신이 어젯밤에 만난 사나에 씨와 친밀한 관계였어. 그는 곧잘 그녀의 집에 찾아갔지. 하지만 지금은 행방을 알 수가 없어."

"이건 경찰이 할 일 아닌가요?"

"그야 그렇긴 한데."

남자가 왜 그런지 웃음을 건넸다.

"이 사람, 어느 회사의 부정한 경리에 관여했어. 회사와 짜고서. 그래서 경찰에 연락할 수 없다는 게 회사 쪽, 즉 우리 의뢰인의 요청이야. 이 사람, 가족도 없어. 자살을 했다면 뭐 괜찮겠지만, 행여 무슨 메모 같은 게 있거나 하면 곤란한 상황이거든. ……이해하시겠어?"

"글쎄요."

좁은 찻집 안은 어둡고 너저분했다. 드문드문 앉아 있는 손님들도 모두 다.

"그는 아마도 지겨워졌겠지. 자신의 인생에. 지금 사는 인생과 앞으로 예상되는 미래의 인생에. 이건 실종이야. 그러니까 행방불명의 이유는 확실해. 사나에라는 여자는 아마 관계없을 거야. 근데 한 가지."

남자가 커피를 한 모금 마셨다. 뭔가 의식儀式처럼.

"그 여자의 방에서 뭔가 짐작 가는 건 없었어?"

"꼭 대답할 필요는 없죠?"

"베란다에 큼직한 화분이 있어. 아무것도 심지 않은 실로 큼직한 화분. 설마 그럴 리야 없겠지만, 퍼뜩 그 안에 그 사람이 들어 있는 게 아닌가 하는 생각이 들더라고. 흙에 섞여서. 당신이 입고 있는 그 양복은, 이미 아시겠지만 그 사람이 입었던 것과 똑같아. 설마 그럴 리는 없겠지만."

나는 웃음을 짓고 있었다. 왜일까.

"상상력이 대단하시네요. 뭐, 불가능한 얘기는 아니죠. 확률은 낮지만."

"응, 확률은 매우 낮아. 아무리 이 나라가 험악해졌다지만, 살인 건수라야 뻔하니까. 하지만 내가 지금 이 사람의 행방을 찾겠다고 그 화분을 파본다면 쓸데없는 짓일까?"

남자가 웃었다. 나도 덩달아 웃었다. 테이블 위에 놓인 구겨진 빨대 봉지 속의 공기가 힘겨운 듯 몸을 뒤틀고 있었다.

"그러니까 그걸 조금만 알아봐 주면 좋겠는데."

나는 남자의 얼굴을 멍하니 바라보았다. 내일이면 깨끗이 잊어버릴 만큼 특징이 없는 얼굴이다.

"제가요?"

"그렇지. 물론 보수는 챙겨드릴 거야. 의뢰인은 조사비를 잔뜩 지불할 용의가 있으니까. 뭐, 간단해. 그 집에 가서 여자가 없는 사이에 화분의 흙더미를 슬쩍 헤쳐보기만 하면 돼."

"나는 그 여자를 안 지 얼마 되지도 않았는데요?"

"그러니까 더 좋지. 너무 친해져 버리면 이런 의뢰는 받아주지 않을 테니까. 그래서 내가 이렇게 급하게 말을 붙인 거야. 그 여자를 만난 지 얼마 안 된 당신에게."

남자가 계속 나를 바라보고 있었다.

"만일 사체가 있다면?"

"내게 알려주시면 돼. 그리고 그러는 편이 그 여자를 위해서도 좋은 일인지도 모르지. 그 사체는, 문제가 아주 복잡해지니까 그의 회사 사람이 그 여자를 대신해서 처리해 줄 거야. 어때, 부탁 좀 해도 될까?"

"싫습니다."

"흠, 하지만 당신은 할 거야."

그의 눈이 가늘어졌다. 왠지 다시 웃음을 짓고 있었다.

"당신은 나를 닮았으니까. 늘 따분하고 불안정하지. 아마…… 틀림없이 할걸."

나는 아무 말도 하지 않았다. 남자가 담배에 불을 붙였다. 오늘 할 일을 방금 끝마쳤다는 듯이.

"그 남자 말인데, 엄청난 빚이 있었던 모양이야. 그래서 경리 부정에 협력했지. 그 사람도 당신네 사무실에 찾아가 상담을 했더라면 무사했을 텐데."

"아니, 마찬가지예요. 그러면 또 다른 일을 저질렀겠죠."

바깥에서는 비가 내리기 시작했다. 남자가 계산서를 집어

들었다.

"마지막으로 한 가지. 그 사나에라는 여자, 실은 유명한 사람이야."

나는 다시 남자의 얼굴을 멍하니 보았다.

"당신, 그 여자와 같은 중학교에 다녔지? 아, 미안해, 실은 어제부터 당신들을 내내 미행했거든. 그 여자는 학기 도중에 전학을 왔다가 곧바로 다시 전학을 갔을 거야. 그 여자, 중학생 때는 어머니 쪽 성씨를 썼을걸? 소문, 들은 적 없어?"

남자가 계산서를 들고 자리에서 일어섰다.

"히오키 사건, 알지?"

"예?"

"그 여자가 현장에 남아 있던 유가족이야. 그 미궁 사건의."

3

넥타이를 왜 풀지 않았던 걸까.

회사 일이 다 끝났는데도. 넥타이가 스스로 몸이 뒤틀린 답답한 자세로 계속 머물러 있기를 원하기라도 한 것처럼. 탐정이 보여준 사진 속의 남자가 머릿속에 떠올랐다. 예전에 이 양복의 주인이었던 그 남자의 의지일까.

그 여자의 집. 아직 지은 지 얼마 안 된 새 건물인데도 복도며 각 층마다 지저분하게 방치된 듯한 원룸. 넥타이를 느슨하게 풀려다가 손을 멈췄다. 그녀는 집에 있을까. 없다면 나는 어떻게 할까.

차임벨을 누르자 잠시 틈을 둔 뒤에 그녀가 인터폰을 받았다. 별로 기다리지 않았던 것처럼. 하지만 문을 연 그녀는 화장을 하고 있었다. 가슴이 파인 옷을 입었고, 방 안은 깨끗이 청소를 해두었다. 나를 빤히 바라보고 미소를 지었다. 내가 오는 것을 알고 있었던 기색으로.

갑작스럽게 나는 그녀에게 사랑을 느꼈다. 오래전에 길렀던 개를 떠올린 것처럼. 내가 던진 공을 그 개가 믿을 수 없는 도약력으로 곡예를 하듯이 물어왔을 때 느꼈던 감정처럼. 나는 개를 쓰다듬듯이 그녀를 껴안았다. 참 잘도 그런 걸 해냈구나, 라고 칭찬하는 것처럼. 참 잘도 인간으로서의 선을 뛰어넘어 사람을 죽이고 화분에 파묻어 버리는 일을 해냈구나, 라고 칭찬하는 것처럼. 물론 나는 그 화분에 남자가 없다고 생각한다. 하지만 있다고 상상하는 편이 지금은 좋았다.

나는 그녀에게 키스를 한다. 애정을 담아. 그녀의 머리를 쓰다듬고 몸을 더듬는다. 그녀는 살짝 거부의 몸짓을 보이지만 작은 소리를 내며 눈을 감고 있다. 바보같이. 바보 같다고 생각하자 왠지 내가 흥분하는 것을 깨달았다. 왜일까. 지금까지 나는 이런 인간이 아니었다. 섹스를 할 때는 여자에게 최대한 신경을 써주느라 쾌락이라는 본래의 목적에서 자꾸만 벗어나곤 했었는데.

침대 위에서 그녀의 옷을 모두 벗긴다. 그녀가 창피해할 만한 짓만 골라서 한다. 나는 그녀의 몸을 점검하듯이 다룬다. 난폭하게가 아니라 칭찬하면서 꼼꼼하게. 그녀는 어제보다 젖어 있다. 좋아하고 있다. 바보같이. 나는 그녀를 사랑스럽다고 생각한다. 참 잘도 인간으로서의 선을 뛰어넘어 사람을 죽이고 화분에 파묻어 버리는 그런 일을 해냈구나. 왜 그래? 이건? 기분 좋아? 창피하지 않아? 이런 꼴인데 **내게 접근한 건 뭔가 의도가 있었던 거야?** 예쁘다, 엄청. 죽이고 싶을 만큼.

섹스를 마치고 나는 벌렁 누웠다. 그녀가 내게 몸을 맞대도 좋을지 말지 망설이는 몸짓을 했다. 부러 그러는 듯이. 나는 그녀를 끌어당겨 품에 안았다. 그녀는 등을 말고 태아처럼 눈을 감으려고 했다.

"아까 탐정을 만났어."

나는 불쑥 그렇게 말했다. 이런 식으로 말을 꺼낼 생각은 없었다. 나는 아까부터 천장의 나무 무늬를 계속 보고 있었다. 어쩌면 의외의 행동을 하고 싶다고 생각했을 수도 있다. 나를 내려놓고 싶다고 생각했을 수도 있다. 이제부터 어떻게 해야 할지 아무 전망도 없는 위태롭고 두근두근한 감각 속으로. 일상의 예정조화豫定調和로부터 일탈하듯이. 만일 정말로 그녀가 사람을 죽였다면 나는 어떻게 할까.

"행방불명된 사람을 찾고 있다던데? 너와 함께 살던 남자. 사진도 봤어. 저 양복을 입은."

아주 잠깐 유쾌한 기분이 들었다. 나는 어떻게 된 걸까.

"탐정이 말이지, 너희 집 화분에 그 사람이 들어 있는 거 아니냐고 하더라. 네가 죽인 거 아니냐고. 그러니 좀 알아보라는 거야. 나한테. 네가 집을 비운 사이에. 어때, 대단하지?"

나는 그녀를 보았다. 그녀가 진지한 표정으로 나를 마주 보고 있었다.

"볼래?"

그녀가 그렇게 말했다. 나는 그럴 리 없다고 생각했는데도 심장의 두근거림이 조금 빨라졌다.

"됐어. 있을 리도 없고."

"볼래? 당신이 봐주는 게 더 좋아."

그녀가 옷을 입기 시작했다. 이토록 거침없는 그녀는 처음이었다. 커튼을 젖히고 창문을 연다. 나는 그녀의 뒤에 따라붙었다. 베란다에 하얀 화분이 있었다. 부자연스럽게 큼직하다.

"여기, 삽. 보고 있을 거야? 아니면 당신이 파볼 거야?"

그녀가 웃음을 지었다. 가느다란 눈을 한층 더 가느스름하게 하고서. 그녀가 생생해져 갔다.

"됐어. 네가 파."

그녀가 삽을 흙에 꽂았다. 옆집에서 텔레비전 소리가 흘러나온다. 지진 피해 복구의 이권을 놓고 정치가들이 다투고 있었다. 체스의 말처럼. 삽의 은빛 금속이 부드러운 흙을 퍼올렸다. 그녀는 열심히 파냈다. 삽의 금속은 아무런 빛도 반사하지 않았다. 흙이 검다.

화분 안에는 아무것도 없었다. 온통 흙뿐이다.

"역시."

나는 작게 말했다. 기대가 무너진 실망감과 안도감.

"하지만 묻어버리자고 생각했었어. 사실은."

그녀가 삽을 움켜쥐면서 말했다. 그녀는 삽이 어울린다.

"나한테 자꾸 소리를 질렀으니까. 폭력까지는 휘두르지 않았지만, 무서워서. 그 사람의 이상한 부분에 언젠가는 휘말려드는 게 아닐까 걱정스러워서."

그녀가 화분의 흙을 다시 덮었다. 꼼꼼하게.

"원래 관엽식물을 좋아하기도 해서 화분을 샀어. 죽인다든가 할 용기는 없었지만, 무슨 일이 생기면 여기에 파묻어 버릴 수도 있겠다고, 반농담처럼 아예 큼직한 걸로 샀어. 하지만 이건 작아. 이 정도로는 안 들어가."

아닌 게 아니라 새삼 살펴보니 사람을 넣기에는 작았다.

"근데 갑자기 오지 않더라. 항상 주말에는 여기서 보냈는데. 그의 회사 사람들이 찾아와서 실종 신고서는 자기들이 내겠다고 했어. 어쩌면 무서워졌는지도 모르겠어, 나한테 언젠가는 엄청난 짓을 해버리는 게 아닌가 하고. 하지만 아무튼 잘됐어. 어디론가 가버려서."

나는, 네가 그 사람의 이상한 부분을 자극한 거 아니냐, 라고는 말하지 않았다. 네가 그 사람의 깊은 뭔가를 자극해서 펑크 나게 한 거 아니냐, 라고도.

"말하자면 죽일 생각을 조금은 했었구나?"

"그랬는지도."

"나쁜 일이야, 아주."

"미안해."

나는 그녀를 품에 안았다. 그렇게 생각했던 것을 칭찬해 주는 것처럼. 그녀는 미안해, 라고 다시 한번 말하고, 왠지 웃음을 건넸다. 뭔가 숨겨둔 꿍꿍이가 있는 기색으로. 이 여자는 대체 뭐야, 라고 생각하면서도 나는 욕망을 느꼈다. 그녀를 못

쓰게 만들어버리고 싶다고 생각했다. 지배당하려고 하는 것이 나 자신이라는 것을 깨달았다.

그녀의 옷을 다시 벗기면서 '히오키 사건'이 갑작스럽게 생각났다. 그녀는 그 사건에서 살아남은 아이. 정말일까. 나는 그녀의 입에 혀를 넣었다. 조금 세게.

4

히오키 사건.

이 사건은 재再체포, 재구류의 위법성을 묻는 사례의 모델로서 사법고시 문제집에도 게재되어 있었다. 1988년에 일어난 미궁 사건이다. 내가 열두 살 때다. 언론에서는 '종이학 사건'이라는 이름으로 불렸다. 나는 사무실에 있던 파란색 파일을 슬쩍 펼쳤다.

도쿄 네리마구區의 민가에서 히오키 다케시(45세)라는 남성과 그의 아내 유리(39세), 그리고 그의 장남(15세)이 사체로 발견된 사건. 장녀(12세)만 살아남았다.

당시 이 민가는 밀실 상태였다. 현관, 창문, 모든 곳이 잠겨 있었다. 다만 한 군데, 화장실 창문은 열려 있었으나 작은 환기용 창이어서 몸집이 작은 어린아이가 아니면 드나들 수 없었다.

처음에는 일가족 자살이라는 쪽으로 수사가 시작되었으나 남편과 아내가 모두 예리한 흉기에 의한 자살刺殺, 장남은 심하게 구타를 당한 끝에 독극물을 먹고 사망한 것으로 밝혀졌다. 현장에 흉기는 없었다. 남편과 아내 둘 다 스스로 찌른 흔적은 없었고, 제삼자로부터 목을 찔렸다. 남편에게도 장남과 마찬가지로 무수히 구타를 당한 흔적이 있었다. 그것은 둔기 등에 의한 손상이 아니라 명백히 인간의 주먹에 의한 것이었다. 몸집이 제법 큰 사람에 의한 구타였고, 왼손잡이. 남편도 아내도 장남도 오른손잡이였다. 장남은 마르고 작은 체형. 구타 흔적을 남긴 주먹의 크기도 가족 중의 어느 누구와도 일치하지 않았다.

그에 따라 외부 침입 쪽으로 수사 전환. 하지만 내부는 밀실

36

상태. 어떤 수단으로든 열쇠를 손에 넣은 자의 범행이라는 의견이 나왔지만, 현관문은 안에서 잠긴 채였고 체인까지 걸려 있었다.

범행 현장이 된 거실의 테이블에 부자연스러운 지문이 두 군데. 아내 유리는 깔끔한 성격으로 청소하기를 좋아했고 약간의 결벽증이 있어서 테이블을 날마다 걸레로 닦아낸 것으로 보였다. 마찬가지로 테이블에서 한 올의 모발이 발견되었다. 가족의 것이 아니었다.

장녀는 당시 수면제를 먹은 상태였다. 외부에서 낯선 남자가 건넨 주스병을 받았고, 그것을 자신의 방에서 마시고 잠들었다. 양쪽 어깨에 누군가 움켜잡은 듯한 멍이 있었다. 주스병 용기와 장녀의 체내에서 동일한 수면제 반응이 나타났다.
사건 일주일 전부터 하교 중의 여아에게 낯선 남자가 주스를 건네는 사건이 십여 건 발생했다. 그 주스병은 당시 자동판매기에서 팔리던 타입의 주스병과 똑같은 용기였다. 뚜껑에도 그 주스와 똑같은 로고가 찍혀 있었다. 주스를 받은 여아 중에 버리지 않고 마셨던 몇 명이 수면제 작용으로 잠든 바 있다.

경찰은 그 남자가 이 사건과 어떤 식으로든 관련이 있을 것
으로 보고, 장녀와 아동들의 협조를 받아 몽타주를 만들었다.
하지만 선글라스에 마스크를 쓴 몽타주여서 이렇다 할 단서
는 잡히지 않았다.

아내 유리는 옷을 입지 않은 상태였다.

범행 현장에는 사체를 장식하듯이 무수한 종이학이 흩어져
있었다. 특히 아내 유리의 사체는 종이학에 파묻혀 있었다. 그
숫자가 도합 312개였다고 한다. 지문은 검출되지 않았다.

사건으로부터 한 달 뒤, 근처에 사는 와타리베 아쓰시(남.
25세. 무직)가 용의자로서 조사를 받았다. 와타리베가 사건 당
시 피해자 히오키 다케시의 집 주변을 배회했다는 목격 증언
이 나온 데 따른 것이었다. 사건 일주일 전에 히오키 다케시
와 역 구내에서 말다툼을 했다는 것, 와타리베의 방에서 아동
들이 받았던 주스에 든 것과 동일한 종류의 수면제가 발견되
었다는 것 등이 알려졌다. 하지만 밀실 상태의 민가에 어떻게
침입했는지 그 경로가 밝혀지지 않았고, 그의 지문과 모발의

DNA도 범행 현장에서 발견된 것과 서로 달랐으나 경찰은 거의 반강제로 체포를 단행했다.

그러나 체포 당시부터 언론에서는 억울한 누명이라는 말이 흘러나왔다. 거동이 수상쩍을 뿐, 조잡한 폭력 성향의 와타리베는 밀실 상태의 범행을 연출하고 현장을 종이학으로 꾸며낼 만한 범인상과는 크게 동떨어진 인물이었다.

구류 청구, 구류 연장, 석방 후 재체포까지 했으나 결국 기소에 이르지 못했다. 사건은 점차 미궁 속으로 빠져들었다.

미궁 사건의 이면에는 대부분 경찰의 초동수사 실수 사례가 많다. 하지만 이 사건은 초동수사를 제대로 했더라도 과연 해결되었을지 의문이다. 도무지 종잡을 수 없는 사건이었다. 나는 곧잘 이런 범인상을 머릿속에 그려보곤 했다.

어떻게 했는지 알 수 없고 목적도 불명확하지만 밀실에 파고들어가 자신의, 아마도 개인적인 뭔가를 달성하고 아무 책임도 지지 않은 채 쏙 빠져나오는 그 행위를 나는 멋있다고 생각했다. R이 한 게 아닐까? 나를 대신해서? 어렸을 때, 텔레비전 뉴스를 보며 곧잘 그렇게 생각했었다. 왜냐하면 그 사건의 광경은 내가 바라던 것이었으니까. 공상 속에서 아버지도, 일단 어머니라고 불렀던 여자도 죽고, 나도 죽는다. 내 모든 것을 끝장내는 폭죽 같은 흑黑. 종이학 대신에 R은 무엇을 흩뿌렸을까. 모든 것을 끝장낸 그 현장을 축복하듯이. 하지만 중학생이 되는 것과 동시에 그런 공상도 서서히 사라졌다. 히오키 사건은 실제 사건이고, R은 가공의 존재였다.

알려준 대로 호텔 로비에서 탐정을 기다렸다. 나는 오늘도 그 양복을 입고 나왔다. 여진으로 돌연 주위가 흔들렸다. 아무도 반응을 보이지 않았다. 로비에 있던 사람들은 다들 시무룩해진 얼굴이었다.

탐정이 이쪽으로 천천히 걸어왔다. 약속 시간에 늦지 않았으니 잰걸음으로 달려올 필요는 없다는 기색으로. 내게 웃음을 던진다. 나를 화나게 하는 웃음.

"방금 흔들렸지?"

그가 담배에 불을 붙이며 말했다.

"왜 그럴까, 요즘 지진이 날 때마다 참을 수 없이 배가 고파……. 나도 좀 불안한 모양이지. 딱히 목숨이 아깝다는 생각 같은 것도 없는데……. 하긴 세상이 워낙 이 모양이니. 여당도

야당도 권력 다툼, 관료들도 기막히게 책임을 모면하잖아. 이 나라의 실체가 확실해졌어. 게다가……."

"없었어요, 사체 같은 건."

나는 그의 말을 차단하듯이 말했다. 그는 웃음을 멈추지 않았다.

"똑똑히 보셨나?"

"네."

"그래? 그렇다면 일이 귀찮게 됐군. 실종되고 싶은 인간을 쫓아다녀야 하다니, 영 내키지를 않네."

그가 봉투를 꺼내 내게 내밀었다. 나는 거절했다.

"왜? 이건 정당한 보수야."

옆자리에서 회사원으로 보이는 남자가 두 손에 신문을 든 채 고개를 기울여 휴대전화를 뺨과 어깨 사이에 끼우고 통화하고 있었다. 왜일까, 나는 불쾌하게 기울어진 그 남자의 고개를 당장 반듯하게 세우고 싶었다.

"도의적으로 껄끄러워서? 남자 사체가 있는지 없는지 확인해 주고 탐정에게서 그 대가를 받는 게 껄끄러워? 작작 웃기셔야지. 당신은 그렇게 정직하지 않아."

탐정의 웃음을 보며 나는 봉투를 받아들었다. 받고 싶지 않은데도. 그 돈을 들고 옆자리의 남자에게 말을 건네는 나를 상상했다. 이 돈 줄 테니까 그 고개 좀 반듯하게 해줄래? 제발 부탁이야. 불쾌하다고.

"필요 없으면 마구잡이로 써버리면 되잖아. 신주쿠에 줄줄이 서 있는 외국 여자를 산다든가. 한 이십 명은 살 수 있을걸?"

다시 여진으로 바닥이 흔들렸다.

"히오키 사건 말인데요……."

내가 입을 열자 탐정의 눈이 가늘어졌다. 기다렸다는 듯이.

"그 여자가 정말로 그 사건의 유가족이에요?"

"맞아. 이름은 다르지만. 그 당시 뉴스에는 가명으로 나왔으니까. 사건 뒤에는 어머니 쪽 성씨를 썼고."

"하지만 그런……."

"이 나라에서는 날이면 날마다 수없이 많은 사건이 일어나. 그 사건의 관련자들이라면 숫자가 더욱더 엄청나지. **하긴 당신의 경우는 단순한 우연도 아니지만.**"

"예?"

"아, 농담이야, 농담."

탐정이 웃으면서 나를 빤히 보았다.

"알아, 왠지 마음에 걸리지, 그 사건? 그 무렵에는 온갖 엽기적인 사건이 유행처럼 번졌지만, 왠지 그 사건에는 묘한 흡인력이 있었어. 이를테면 그 살해된 부인, 매우 인상적인 얼굴이었거든. 상당한 미인이라는 것뿐만이 아니라, 남자를 망쳐 놓을 듯한……. 내가 왕년에 형사였어. 현장 사진을 본 적이 있지. 물론 그 사건을 담당했던 건 아니지만 내부에 있다 보면 말이지, 사진을 볼 수도 있거든. 그 부인의 사체는, 좀 이상한 얘기지만, 아름다웠어."

옆자리의 남자가 사라지고 없었다.

"색색의 종이학에 파묻힌 알몸의 여자 사체. 그건 어떤 본질 같았어. 정확히 표현을 못 하겠지만."

본질, 이라는 말이 왠지 머릿속에 남았다.

"그런 짓을 하다니, 상당히 대단한 놈이겠지. 억울한 누명으로 판결이 난 그 단순한 녀석이 그런 사건을 저지른다는 건 말이 안 돼. 이건 좀 더 근본적으로 뒤틀려 먹은 놈이 저지른 짓이야. 분명 어렸을 때부터 배배 꼬여버린, 근본적으로 엄청나게 꼬여버린 놈이겠지. 그러다가 **어른이 되어서 그런 미친 짓을 저지른 거야.**"

나는 탐정을 보았다. 하지만 그는 젖은 테이블을 멍하니 보고 있었다.

"그 사건에 대해서는 언론에서도 차마 보도하지 못한 부분이 있었어. 유족의 프라이버시에 관한, 그야말로 불쾌한 사실이 있어서……. 살아남은 딸아이, 그 사나에 씨 말인데, 실은 그녀의 파자마에서 정액이 채취되었어. 아들의."

나는 탐정을 다시 한번 바라보았다. 무슨 말인지, 의미를 알수 없었다.

"그럼 그 아들이 범인?"

"그건 아니겠지. 구타한 흔적이, 그때 뉴스에도 나왔었잖아, 그 아들은 거의 맞아서 죽다시피 했고 아버지 쪽도 여러 번 얻어맞은 흔적이 있었어. 상당히 몸집이 큰 놈에게서 맞은 것 같았어. 게다가 왼손잡이야. 아버지도 아들도 오른손잡이고, 그들의 얼굴이며 후두부에서 피부 조각도 채취되었거든. 두 사람의 것과는 별도의."

문득 깨닫고 보니 로비에 사람이 아무도 없었다.

"나는 말이지, 역시 수면제 넣은 주스병을 나눠줬다는 그 남자가 수상한 것 같아. 거, 유명한 몽타주 사진 있잖아. 선글라스와 마스크를 쓴. 근데 그자가 말이지, 열려 있었다는 화장실 창문으로 분명 들어간 거야. 관절이라도 빼고서 말이지. 진짜 으스스하지 않아? 몸집 큰 성인이 두두두둑 관절을 빼내고, 뱀처럼 화장실 창문으로 슬슬 기어들어 가는 거야. 그렇게 평화로운 집 안에 쳐들어가 쑥대밭을 만들어버렸어. 마치 그 밀실이 이 세계에서 자신에게만 준비된 특수한 공간이라는 듯이. 딸아이를 남겨둔 건 아마 보고 싶었기 때문일 거야. 그 부인처럼 자랄 딸아이의 모습을 말이지. 수사관들도 모두 비슷한 얘기를 했었어. 그 소녀는 마치 의도적으로 살려둔 것 같다고. **범인이 소녀를 죽일까 말까, 상당히 망설인 것으로 보이는 흔적이 있었다는 거야.** 그러니까 그자는 다시 사나에 씨에게 찾아올지도 몰라. 종이학을 들고……. 난 그렇게 보고 있어."

탐정이 슬쩍 웃었다.

"당신에게 확인해 달라고 한, 그 행방불명된 남자가 범인이라면 재미있겠다고 생각했는데 말이야. 하지만 그 남자는 사건 당시에 열두 살이었어. 도저히 무리지. 세상사, 내 추리대로는 안 풀리더라니까."

5

채무자들을 위해 금융업자에게 개입 통지서를 보냈다.

변호사 사무실이 개입해서 변제 청구 등의 정지를 요청하는 통지. 오늘 사무실에 찾아온 채무자는 임의변제를 해도 빚의 잔금이 있었다. 채무자는 불만스러운 기색이었다. 자신이 진 빚인데도.

"우리 고객이었던 채무자가 강도 짓을 했다네?"

가토 씨가 피곤한 목소리로 말했다.

"기껏 임의변제로 과납금도 좀 찾아줬는데 말이지. 그걸로 이사도 하고 직업도 구하겠다고 하더니만……. 좀 더 욕심이 난 모양이지. 놀면서 펑펑 쓰기에는 부족한 돈이었을 테니까."

나는 고개를 끄덕였다. 별 관심도 없으면서.

"어떻게 해볼 수 없는 인간은 정말로 어떻게 해볼 도리가 없어. 기운이 쭉 빠지네. 뭐랄까, 진짜 미치겠다. 경찰에서 나오겠다잖아. 난 그 작자들 너무 싫은데."

"가토 씨, 예전에 형사소송도 하셨지요?"

"응, 했었지. 하지만 돈벌이가 안 돼, 그건."

"혹시 히오키 사건, 아세요?"

가토 씨가 의아하다는 듯이 나를 보았다. 나는 책상 위의 파일을 집어 들었다. 무심코 한 행동처럼.

"그야 당연히 알지. 유명한 사건이었잖아. 기소된 것도 아닌데 인권운동가 변호사들이 떼로 몰려들었어. 멍청한 새끼들. 난 그 작자들, 너무 싫더라고."

"그중에 누구 아는 사람은 없습니까?"

"응? 왜?"

"사법고시 논문에 나온다는 소문이 있어서요. 그 사례가."

가토 씨가 나를 빤히 보았다.

"아는 사이라고 할 정도는 아니고……. 아마 어딘가 명함이 있을 거야."

가토 씨가 자신의 집무실로 돌아갔다. 나는 그 뒤를 따랐다.

"이거야. 사토 씨라는 변호사. 내가 젊은 시절에 신세를 좀 졌어. 근데 일부러 만나볼 정도의 일이야? 뭔데?"

"아뇨, 좀 관심이 있어서."

가토 씨가 계속 나를 보고 있었다. 어떻게 생각하든 상관없었다.

회사 일을 마치고 사무실을 나섰다. 야마베의 상태를 알아보러 간다는 걸 깜빡 잊고 있었다. 가토 씨는 아무 말도 하지 않았지만 내심 궁금한 눈치였다. 나는 미소를 지었다. 이대로 그냥 내버려 두면 어떻게 될까. 가토 씨가 견디지 못하고 물어보러 올 때까지.

야마베의 휴대전화 번호를 눌렀다. 아직도 연결된다는 게 좀 놀라웠다. 하지만 열 번을 울려도 야마베는 받지 않았다. 나는 문자메시지를 보냈다. '갑작스럽지만 집 근처에 왔는데, 오늘 어때? 내 넋두리 좀 들어줘. 우리 사무실, 최악이다.' 그리고 보내기 버튼을 눌렀다.

야마베는 입사 동기지만, 신경질적인 남자였다. 변호사를 목표로 공부하고 있었으나 그런 명목으로 자부심만을 만족시

켰을 것이다. 음울하고 사람을 사귀는 일도 서툴렀다. 말수가 거의 없었지만 일단 말문이 열리면 언제까지고 멈추지 않았다. 폐쇄적인 사고방식으로 자신의 자부심을 지키기 위해 늘 남의 험담만 했다. 나는 자주 그와 함께 어울렸다. 일종의 샘플 조사처럼.

야마베의 집까지 걸었다. 직장에서 십오 분 정도, 지나칠 만큼 가까운 곳이다. 분명 1층 모퉁이 방일 거라고 생각하며 쳐다보니 빨래가 걸려 있었다. 본 적이 있는 듯 없는 듯한 회색 티셔츠.

미친 사람도 빨래를 하고 그것을 널어둔다는 사실에 왠지 나는 동요했다. 이런 일은 하고 싶지도 않은데 나는 현관 차임벨을 눌렀다. 그가 나오면 무슨 말을 할지 정하지도 않았는데.

하지만 야마베는 나오지 않았다. 휴대전화를 확인해 봤지만 답신도 없었다. 어쩌면 내가 온 걸 알고 이 문짝에 달라붙어 있는지도 모른다. 뭔가 엄청나게 큰일이 난 것처럼. 적이 습격해 온 것처럼. 얇은 문짝에 달라붙어 바깥 상황을 살피고 있는지도 모른다. 언젠가 내가 그렇게 될지도 모른다.

집에 돌아가려다 관두고 그녀의 원룸으로 향했다. 집에 가도 나는 금세 음악을 틀든 만화를 보든 DVD를 보든 뭐든 할 것이다. 내 인생과는 전혀 관계없이, 뭐가 됐든 상관없이, 뭐든 픽션 속에 빠지지 않으면 안 된다. 침묵은 끔찍하다.

내 인생과 마주하는 시간을 조금이라도 줄이지 않고서는 견딜 수 없을 것 같다. 그렇게 해서라도 내 인생이 흘러가게 하지 않으면 안 된다.

방에 들어서자 그녀는 술을 마시고 있었다. 내가 올 줄 몰랐다는 기색으로.

"왔구나?"

안도하는 듯한 그녀의 말투에 내 안의 뭔가가 아팠다.

"응. 나도 좀 마실까."

나는 양복을 벗고 넥타이를 느슨하게 풀고, 유리잔에 맥주를 따랐다. 술은 별로 좋아하지 않는다.

"넌 어디, 일하러 다녀?"

아무것도 아닌 척 물어보려고 했는데 내 말이 심문처럼 들렸다.

"나, 이혼했거든."

그녀는 상당히 취했다. 눈이 알코올로 젖어 있었다.

"돈 받고 있어. 그러니까 괜찮아."

그녀에게 남자가 생겼을 경우, 전남편의 부양의무에 영향을 끼칠 수 있다. 그러니 사실 나는 이곳에 몰래 드나들어야 하는지도 모른다. 조심하려면.

"이 양복의 남자가 아니고?"

"응, 그 사람 아니고."

그녀가 멍하니 테이블을 보았다.

"나, 별로 술을 좋아하는 건 아니야. 하지만 자꾸 마시고 싶어. 맨정신으로 있는 게 싫어서. 밤이 점점 다가오면 머릿속을 견딜 수가 없어서."

나는 그녀에게서 시선을 돌려 외면해 버렸다. 그녀가 눈치채지 못하게.

"맨정신으로 나 자신을 마주할 수 없어서……. 근데도 나는 술을 마시면 다른 사람들처럼 잠이 오는 게 아니라 점점 더 눈이 말똥말똥해져. 그렇게 잠이 안 오면 힘들어서 진짜 우울해지는데……. 마치 벌을 받는 것처럼. 맨정신으로 있는 것에서 도망쳤는데 생각나지 않았던 게 그제야 생각나 버리는 벌을 받는 것처럼……. 그러니까 와줘서 좋았어, 당신이 와줘서."

"응, 알아."

내 말에 포함된 친밀감에 이곳에 있기가 거북스러워진다. 나는 계속 그녀를 외면하고 있었다.

"저기, 만일 내가 지금처럼 취해서 어느 빌딩 옥상에 있다고 치고."

그녀가 계속 지껄였다. 많이 취했다.

"당신한테 내 몸을 슬쩍 밀어달라고 부탁하면 당신, 밀어줄 거야?"

"죽여달라는 얘기야?"

"아니, 약간 달라. 다른 사람에게 죄를 씌운다든가, 그런 건 하고 싶지 않아. 하지만 그런 상황이라면, 사고라고 할 수도 있잖아? 그렇게 죽여도 사고라고 할 수 있는 상황이라면, 그런 부탁을 해도 될지……."

왠지 심장의 두근거림이 조금 빨라졌다.

"죽고 싶어?"

"꼭 그런 건 아닌데……."

술에 취한 그녀를 보면서, 살해되고 싶겠지, 라고는 말하지 않았다. 너는 히오키 사건에서 홀로 남은 아이니까 죽고 싶겠지, 라고도 말하지 않았다. 너는 한 인간이 자신의 욕망을 완전히 해방해 버린 세계에 있었으니까, 그래서 죽고 싶겠지, 라고도 말하지 않았다.

그 범인이 언젠가 너를 죽이러 오는 환영이 몹시도 두렵겠지, 라고도 말하지 않았다. 그 공포감 앞에서 스스로 끝장내려는 거겠지, 라고도 말하지 않았다. 이를테면 내가 그 범인인지도 모른다고도 말하지 않았다. 내가 그 범인의 분신이고, 혹은 그 범인이 내게 빙의해서 그때 미처 죽이지 못한 너를 죽이러왔다, 종이학을 갖고, 라고도 말하지 않았다. 그런 거짓말은하지 않는다.

나는 유리잔의 맥주를 다 마시고 다시 따랐다. 나도 취하면 눈이 말똥말똥해진다.

6

—이건 당신에 대해 쓴 책입니다.

외팔이 사내가 내게 한 권의 책을 건넨다.

—당신의 인생이 기록되어 있습니다. 당신의 성격, 당신의
비밀, 남에게는 좀 말하기 어려운 것, 남에게는 절대로 말할
수 없는 것 등이 적혀 있어요. 당신 자신도 아직 깨닫지 못한
당신의 본성……. 읽어보시겠습니까.

외팔이 사내는 계속 내게 그 책을 내밀었다. 조금 전까지 오
른팔로 내밀고 있었는데 어느새 왼팔로 바뀌어 있다.

—게다가 이건 진실입니다. 읽은 사람이 당신에게 호감을

갖게 할 만한 잔꾀는 쓰지 않았어요. **완전히 맨살의, 있는 그 대로의 진실입니다.** 얼마나 많은 사람의 공감을 얻을 수 있는 가, 그런 공감 경쟁에서도 벗어난 책입니다.

장면이 어느새 교실로 바뀌었다. 교사가 나를 손끝으로 가리켰다. 나는 자리에서 일어선다. 재판정의 피고인처럼.

—해명을 해보시오. 당신의 존재에 대한 해명을. 객관적으로 누구나 납득할 수 있는 해명을.

멀뚱히 선 채로 나는 대답을 하지 못한다. 왼편에 앉은 인간이 나를 슬쩍 팔꿈치로 쳤다. 빨리 대답하라는 듯이. 오른편의 인간도 팔꿈치로 툭 건드린다. 나는 대답하지 못한다. 뒤에서도 앞에서도 나는 팔꿈치로 툭툭 맞는다.

—빨리 대답하시오. 빨리.

나는 고개를 숙인다.

—제발 부탁이니까 어서 대답해. 뭐냐, 넌? 귀찮게 하지 마. 귀찮아 죽겠다고.

눈이 뜨였다. 드라마에서처럼 땀을 줄줄 흘리고 있었다. 심장이 심하게 두근거린다.

세세한 부분은 매번 다르지만 내가 자주 꾸는 꿈이다. 누군가에게 심문당하는 꿈. 추궁당하는 꿈.

언제부턴가 묘한 예감을 품게 되었다. 딱히 변태적인 성향 따위는 없을 텐데도, 나는 하고 싶지도 않은 바보 같은 범죄를 저지르고 파멸해 버리고 말 것 같은 예감. 몸을 한없이 무겁게 만드는 우울에 벌레에 파먹혀 들어가는 사과처럼 모든 것을 잃고 언젠가는 목을 매고 죽어버릴 것 같은 예감. 나 자신의 성격과 앞으로 예상되는 내 인생을 생각했을 때, 도저히 견뎌낼 수 없을 것 같다는 예감. 내 인생에서 벗어나려고 시도해 본다. 나답지 않은 짓만 골라서 하다 보면 조금쯤은 그런 예감을 한참 나중으로 미룰 수 있지 않을까, 멍하니 생각한다. 하지만 나는 아무것도 하지 못한다. 평소 같으면 회피했을 유형의 상황을 자진해서 받아들이고 있을 뿐이었다.

최근 들어 자주 R을 떠올린다. 내가 아직 어렸을 때, 내 머릿속에 있었던 존재. 주위에 아무도 기댈 사람이 없는 어린아이는 가공의 내 편을 만들어낸다. 그 정신과 의사의 치료 덕분에 R이 사라졌다고는 생각하지 않는다. 그 치료로 내 음울함을 R이 다 짊어지고 어딘가로 사라졌다고도 생각하지 않는다. 어린아이가 좋아할 만한 그런 시나리오에 조종당할 만큼 나는 어리지 않았다. 단지 나이가 들면서 자연스럽게 사라진 것이다. 중학생이 되었을 때, R은 서서히 사라졌다. 정확히 말하자면, 생각하지 않게 되었다.

하지만 때때로 의식했다. 범죄 뉴스 등을 봤을 때, 내가 중학교에서 차차 친구를 사귀기 시작했을 때, R이 저 사건을 저지른 게 아닐까. 내가 주위에 명랑한 사람이라는 연기를 줄기차게 하고 있을 때, R은 저 사건을 저지르고 있는 게 아닐까. 내가 고등학생 때 여자 친구와 처음 키스했을 때, R은 또 저런 사건을 저지르고 있는 게 아닐까. 어쩌면 R은 나를 버리고 저 범죄자 속으로 들어간 건 아닐까.

멀리서 R이 내게 말을 걸어오는 듯한 느낌이 든 적도 있었다. 이를테면 내가 맨 처음 섹스를 했던 열여덟 살 때, 아주 잘하는데? 세계 속에서, 순조롭게, 뭐, 나도 다섯 명이나 죽였고, 꽤 잘 지내고 있어. 걱정할 거 없어…….

하지만 나는 순조롭지 않았다. 순조롭게 풀린다고도 생각하지 않았다. 에너지가 사라지고 없었다. 나이 탓일까. 지금이라면 R이 내게 침입할지도 모른다. 그렇게 되면 유쾌할까. 네, 오래 기다리셨습니다, 라는 식으로? 역시 우리는 최고의 듀엣이야. 자아, 이제부터 뭘 해볼까? 그 여자라도 죽여볼까?

나는 미소를 짓는다. 그런 에너지도 이미 내게는 없다. 나에게는 아무것도 없다. 뭘 하고 싶은지도 알지 못한다.

　옆에서는 술에 취한 그녀가 자고 있다. 벌거벗은 채, 가위에
눌리고 있었다. 꿈속에서 종이학을 가진 남자에게 습격을 당
하는 걸까. 어떤 식으로 습격당할까. 나는 그녀를 덮치려고 했
다. 종이학을 가진 남자처럼. 하지만 중간에 관뒀다. 그녀가
가위에 눌리는 소리가 너무도 슬펐기 때문에.

7

예상과는 달리 추레하기 짝이 없는 복합빌딩.

가토 씨가 예전에 신세를 진 변호사라면 좀 더 큰 사무실을 운영하고 있을 줄 알았다. 약속시간까지 십오 분이 남았다.

나는 정말로 사토라는 변호사를 만나려 하고 있었다. 그렇게까지 히오키 사건에 대해 알고 싶은 건가. 왜일까. 사건 피해 유족으로 혼자 남은 그 여자를 알게 되었기 때문인가. 내가 예전에 동경했던 범죄이기 때문인가. 뚜렷한 동기도 모르는 채, 어느새 나는 히오키 사건에 대한 것만 생각하고 있었다. 인터넷에서 수집한 내용은 출력해서 파일로 철을 해뒀다.

도서관에서 과거의 신문까지 읽어보려 하고 있다. 뭘 알고 싶은 건가. 그 사건의 수수께끼인가. 하지만 그건 왜일까.

복합빌딩의 계단을 올라갔다. 진흙이 묻은 구두를 신은 인간이 있었던 것이리라. 계단이 흙이며 모래로 지저분했다. 4층으로 올라가 사무실 문을 보았다. 사토 변호사 사무실. 글자까지 오래되었다. 이런 수상쩍은 사무실에 누가 의뢰를 하러 올까. 그가 인권변호사라는 걸 누가 믿어줄까.

차임벨을 누르자 안에서 소리가 들렸다. 문을 열자 몸이 가느다란 남자가 있었다. 노인이라고 해도 좋을지 모른다. 고양이가 두 마리. 사무실 안도 추레하다.

"아, 정전이라서. 발밑을 조심해."

그가 손끝으로 가리킨 의자를 보았다. 고양이가 내게서 최대한 멀리 거리를 두고 물러앉았다.

"가토 씨 사무실에서 일한다고? 흠, 그 친구는 요즘 어때? 자네가 보기에."

남자가 내게 뭔가 마실 것을 내주려고 했다. 도우려는 내게 남자는 괜찮으니 그대로 앉아 있으라고는 말하지 않았다. 나는 내가 사온 차와 과자상자를 내밀었다.

"거참, 걸핏하면 정전이라서. 고마워. 애써 사왔으니 그걸로

먹자. 마침 목이 마르던 참이었어. 요즘에는 수돗물도 쓰고 싶지 않아."

남자가 의자에 앉았다. 나도 앉는다.

"그래서 어때, 자네가 보기에 가토 씨는?"

"잘해주십니다. 능력 있는 분이세요."

"하하하, 거짓말이지? 속물이야, 기분 좋을 만큼."

눈꺼풀을 감는 횟수가 많다. 틱인지도 모른다. 와이셔츠에 양복바지를 입었지만 넥타이는 매지 않았다.

"히오키 사건에 대해 알고 싶다고, 사법고시 때문에?"

"네."

"거짓말은 관두는 게 좋아. 조사하고 있지, 그 사건을?"

남자가 나를 보았다.

"자네, 누구야?"

하지만 남자는 나를 차분히 바라보지 못했다. 눈을 너무 급하게 깜빡여서.

"저는 그 사건과는 관련이 없습니다. 사건 당시 열두 살이었어요."

"정말이야?"

운전면허증을 내보였다. 남자가 슬쩍 한숨을 내쉬었다.

"흥, 맥이 빠지네. 왜 그랬을까. 나는 자네를 본 순간, 저 문으로 들어온 순간, 그 사건의 범인이 왔다고 생각했어. 야아, 일이 재미있어지는구나, 했어⋯⋯. 내내 사건만 맡아온 직업 병인가."

나는 계속 경계하는 고양이를 멍하니 보았다. 아닌 게 아니라 그런 거였으면 재미있었을 텐데.

"하지만 사법고시는 거짓말이지? 왜 그 사건을 알아보려는 거지?"

"저도 잘 모르겠습니다."

내가 오히려 묻고 싶을 정도다, 라고 나는 생각했다. 나는 지금 뭘 하고 있는 걸까.

"끌렸나, 그 사건에? 응, 이해해. 자네는 그런 유형인지도 모르지. 어떤 종류의 수수께끼는 사람들을 끌어들이니까. 그 사건은 광기에 차 있지만, 그걸 좀 더 알아보겠다고 그 속에 발을 들이미는 것도 마찬가지로 광기에 찬 짓인지도 몰라."

멀리서 사이렌 소리가 들렸다.

"나는 그 억울한 누명 사건의 담당 변호사와 면밀하게 일을 상의했었어. 다양한 활동을 했지. 경찰의 무리한 수사가 문제가 되던 시절이었으니까. 부당한 체포를 하는 국가권력에 대한 저항, 인권을 지키기 위해……라는 건 공식적인 이유고, 실은 궁금했어. 그 사건의 진상이."

남자가 사무실 벽을 바라보며 말을 이어갔다.

"체포된 와타리베가 범인이 아니라면 대체 누가 진범일까. 그건 변호사가 할 일은 아니었지만, 나는 샅샅이 알아봤어. 진범의 그림자라도 잡아낸다면 와타리베가 범인이 아니라는 것도 명백해지고, 경찰의 실수도 공공연히 지적할 수 있다는 이유를 달아서. 그 사건 현장에서는 폭발이, 내면을 모조리 토해낸 듯한 기묘한 성취감이 느껴졌어. 이 세계의 밀실이라는 숨겨진 공간에서 자신을 백 퍼센트 해방시킨 뒤에 기막히게 도망쳐서 다시 일상생활로 돌아간 인간이 있어. 기막혔어, 그 사건 현장은……. 계속 조사했어. 뭐, 머리가 약간 이상해졌었는지도 모르겠다. 지금의 자네처럼."

남자가 피식 웃었다. 그의 목소리에 비꼬는 기색은 없었다.

"자아, 얼마나 알고 있지, 그 사건을?"

나는 내가 알고 있는 것을 모두 이야기했다. 남겨진 유족인 여자아이가 내 가까이에 있다는 것만 빼고.

"흠, 새로운 내용은 하나도 없군. 한마디로, 자네가 알지 못하는 것을 알려주면 되겠지? 사건이 났던 히오키의 집 근처

공원에서 종이학 몇 개가 발견되었어. 도도록하게 솟은 흙 주위에서. 그 흙 속에 있었던 건 비둘기의 사체."

남자가 왜 그런지 갑작스럽게 손을 내저었다.

"하지만 그 범인이 한 짓인지는 확실하지 않아. 비둘기 사체는 오래된 것이었는데, 어떤 멍청한 녀석이 죽은 비둘기를 발견하고 땅에 파묻으면서 그 사건을 모방했을 수도 있어. 히오키 다케시는 직장에서 평판이 좋은 편이었고, 숨겨둔 여자가 있었다든가 하는 흔적 따위는 전혀 없었어. 부인 쪽도 마찬가지야. 나쁜 소문이 전혀 없었어. 하지만."

사무실 안이 서서히 어두워졌다. 해가 기울어가고 있었다.

"부인의 자전거를 남편 히오키 다케시가 분해하는 것을 이웃 사람이 봤다는 거야. ……딱할 만큼 필사적이었다, 라고 목격한 그 이웃 주민은 말했어. 하지만 당시 그 부근에서 교통사고 등의 정보는 없었어. 그리고 사건 현장인 히오키의 집 목욕탕에 뭔가를 태운 흔적이 있었어. 무엇을 태웠는지는 알 수가 없었지. 재도 모조리 배수구에 흘려버리고 그냥 태운 흔적만 남아 있었어. 부자연스러운 흔적."

남자가 테이블로 시선을 옮겼다.

"뭐가 뭔지 알 수가 없더라고. 알 수 없다고 생각하면 할수록 더 빠져들 수밖에 없었지. 왜 그랬을까? 나는 말이지, 그 깊은 곳에, 알지 못하는 그 깊은 곳에…….”

남자가 피식 웃었다. 지나치게 말이 많은 자신을 문득 깨달은 것처럼. 한동안 사람들과 대화한 적이 없어서 말이 많아진 거라고 문득 깨달은 것처럼. 나는 그의 다음 말을 듣기 위해 조용히 기다려봤지만, 돌아오는 건 길게 이어지는 침묵뿐이었다. 내가 입을 열었다.

“딸의 파자마 건은?”

“응, 그것도 정말 궁금하지? 아들의 것이었다는 얘기 말이야. 하지만 사건 당시 딸아이의 몸에 성폭행을 당한 흔적은 없었어. 어깨의 멍도 본인은 기억나지 않는다고 했고.”

“어떤 분이 그러던데, 혹시 범인이 화장실 창문으로 들어온 건 아닌가요? 관절을 빼고서?”

“그건 말이 안 되지. 그 화장실 창문이 그런 수준으로 좁았던 게 아니야. 사람이 들어가려고 해도 일단 허리춤이 절대로 들어갈 수 없는 크기였어. 갈비뼈의 폭 때문에……. 아무튼 그 사건은 캐보면 캐볼수록 뭐가 뭔지 알 수가 없어. 그건 뭐, 나중에 자네도 알게 될 거야.”

해가 점점 기울어지고 있다. 사무실 안은 이제 상당히 어두웠다. 남자의 얼굴도 보이지 않는다.

"그 사건 때부터 내가 이상해졌다는 사람도 있어. 가토 씨에게서도 그런 얘기 들었지? 하긴 뭐, 물론 작은 계기가 되었을 수도 있지. 인간이란 다양한 패턴이 있잖아. 이를테면 나 같은 케이스. 이십대에 꿈을 갖고 삼십대에 그게 어느 정도 이루어져서 스타트라인에 섰고, 그러나 점차 그 업계에 실망한다. 그리고 사십대에 바보가 된다. 혹은 바보인 척한다. 정신을 안정시키기 위해서 말이야……. 나 자신이 점점 망가져 가는데도 오로지 히오키 사건만 파고들었어. 마치 그 범인에게서 존재로서의 나 자신이 점점 멀어지는 걸 억울해하는 것처럼. 지금의 나는 그 사건을 쫓아갈 자격이 없어. 나는 이미 끝난 인간이니까."

사무실 안이 다시 조금 더 어두워졌다. 그늘이 져서 이미 보이지 않지만 이 남자는 아직도 계속 눈을 깜빡거릴까.

"실내가 너저분해서 놀랐겠지. 하지만 그건 이유가 있어. 내게는 이제 사무실이 필요하지 않아. 요즘에는 몇 군데 기업의 고문을 맡고 있어. 이건 인사이더가 되나? 증권거래 감시위원회에서 추적이 들어올 일인가? 뭐, 수상쩍은 벤처기업 사장들의 문의에 답변해 주고 있지. 지금의 나는 나 자신의 보잘것없는 수입을 지키기 위해서 밑에서 치고 올라오는 젊은 변호사들을 온 힘을 다해 짓밟고 있는 무의미한 괴물이야."

남자가 작게 웃었다. 웃을 수밖에 없다는 듯이.

"자네가 그 사건을 궁금해하는 이유를 알려줄까? 그 사건의 깊은 곳에서, 그 수수께끼의 깊은 곳에서, 자네 자신을 보고 있지? 자신 속의 정체를 알 수 없는 부분이 기묘하게도 그 사건에 반응을 하지? 그 사건의 진상에 가까이 다가가면 자신 속의 그 정체 모를 부분도 해명된다는 듯이. 언젠가 자신을 망가지게 할 터인 자네 자신의 핵심을."

"그게 아까 말씀하시려고 했던 것인가요, 선생님 자신에 대해서?"

남자가 침묵했다. 나는 자리에서 일어섰다.

"자네는 이제 두 번 다시 나를 만날 생각이 없어. ……그렇지?"

"아뇨, 또 찾아뵙고 싶습니다."

"거짓말할 거 없어. 자네는 이제 나한테는 흥미가 없잖아. 이 무의미한 사내에게는. 주절주절 잔소리나 늘어놓는 이런 노인에게는."

사무실 안이 조용해졌다. 고양이 두 마리는 실내 어딘가에서 꼼짝 않고 우리를 지켜보고 있으리라.

"자네는 지금 서른네 살이지? 아까 운전면허증으로 봐서는.
아직 새파랗군, 새파래."

나는 머리 숙여 인사하고 사무실을 나섰다. 쓸모없는 시간
이었다, 라고 생각하면서.

8

이틀 뒤, 사토 변호사 사무실에서 서류 봉투가 도착했다. 이쪽 사무실 주소로, 그리고 내 앞으로. 그때 나에게 직접 줬으면 좋았을 텐데. 아니면 내가 그 사무실을 너무 일찍 나왔던 것일까.

사무실에서는 그 봉투를 열어보고 싶지 않았다. 가방에 챙겨 넣었다. 일이 끝나자 가토 씨가 다가왔다. 술 한잔하자고 청해왔다. 거절할 틈을 주지 않는 사람이다.

술집 안에는 수많은 손님이 있었다. 음악 소리가 시끄러워서 옆자리에 앉은 사람의 목소리는 희미하게 들릴 뿐이었다.
가토 씨는 마시고 싶은 만큼 실컷 마시라고 말하고는 의미도
없이 웃었다. 가토 씨의 허튼소리에 나는 응하지 않았다. 침묵
으로 그의 본론을 재촉했다. 가토 씨는 아무 일도 아니라는 투
로 드디어 용건을 꺼냈다. 하지만 목소리 톤이 부쩍 나지막해
졌다.

"계약직 친구들, 죄다 그만두게 할 거야."

이 술집은 사무실에서 두 역이나 떨어져 있다. 마치 숨기라
도 하는 것처럼.

"그리고 정직원도 두 명쯤 그만두게 해야 돼."

나는 맥주를 마셨다. 마시고 싶지도 않은 맥주. 듣고 싶지도
않은 얘기.

"우리 사무실 재정 상태는 괜찮은 편이라고 들었는데요."

"응, 그럭저럭 괜찮은 참에 대책을 강구해야 하거든. 앞으로
채무정리 파트에서 이익이 줄어들 것 같아. 사무실 규모를 바
짝 줄이지 않으면 안 돼."

술집 안은 계속 시끌시끌했다. 아무도 우리 얘기를 듣지 않
는다.

"모든 직원의 급료를 줄이고 고용만은 확보하는 것이 어떨

까요?"

"그렇게 할 수만 있다면야 좋겠지만, 이게 죄다 내 잘못이야. 내가 좀 더 정신을 바짝 차렸어야 하는데."

진짜로 자신의 잘못이라고 생각한다면 다른 방법을 강구하시죠, 라고는 말하지 않았다. 경기가 좋을 때는 인력을 늘리고, 나빠지면 금세 잘라버리는 형편없는 경영자로군요, 라고도 말하지 않았다.

"왜 그런 얘기를 저한테?"

"끄응."

가토 씨는 미안하다는 듯이 미간을 찌푸렸다. 미안하다고 생각하지도 않으면서.

"계약직은 재계약만 하지 않으면 자를 수가 있는데, 정직원은 그렇게는 안 되잖아. 희망퇴직자를 모집한다 해도 조건이 필요해. 그들이 납득할 만한 괜찮은 조건이. 근데 그럴 여력이 없어, 우리는. 그러니까 가능하면 자발적으로 그만두게 했으면 좋겠어. 그…… 기즈카와 다카오카 말이야. 그리고 새 변호사를 고용할 생각이야. 남은 직원은 자네와 하라니시뿐이야. 자네는 내 비서로, 하라니시는 새 변호사의 비서로……. 그렇게 정리했으면 좋겠어."

나는 담배를 피우고 싶었다. 하지만 가토 씨가 선택한 자리는 금연석이었다.

"그러니까 직속 상사인 제가 기즈카와 다카오카의 실수를 점검해 주던 걸 중단하라는 건가요? 그리고 그 실수를 문제 삼아 그들을 그만두게 하자는?"

"어허, 그렇게 노골적으로 말하면 어떡해."

가토 씨가 쓸쓸하게 웃었다.

"그냥 그들이 뭔가 실수를 하면 평소처럼 자네가 독단으로 처리하지 말고, 매번 나한테 보고해 주기만 하면 돼. 결국은 내가 나서서 주의를 주게 되겠지만, 어휴, 끔찍해, 수없이 주의를 줘야겠지. 나도 속은 편치 않지만 말이야. 그리고 자네도 지금까지처럼 그 친구들에게 친절하게 하지 말라고. 그러다 보면 슬슬 눈치를 채겠지, 그 친구들도."

"버틸 수 없게 하려는 건가요? 그러다 혹시 그 친구들이 부당 해고로 소송을 걸면……."

가토 씨가 웃었다. 이번에는 분명하게.

"무슨 소릴, 난 변호사야. 그런 쪽으로는 선수지."

그러면 그들은 회사 사정에 의한 퇴직이 아니라 자발적인 퇴직이 된다. 실업보험에도 영향을 끼칠 것이다.

"최소한 회사 사정에 의한 퇴직으로 해줄 수는 없을까요? 실업수당 문제도 있는데…… 그 친구들이 퇴직금에 만족하지 못하더라도 우리 사무실에 소송을 걸지는 않게 할 테니까요."

"그렇게 되면 가장 좋긴 하지. 근데 난 실패하고 싶지 않아. 내 일처리 방식도 있고 말이지."

"기즈카는 처자식도 있어요."

가토 씨가 나를 멍하니 쳐다보았다.

"자네 말이야."

"네."

"자네가 그런 성향이었나?"

성향? 나는 놀랐다. 옆 테이블 사람들이 우리와는 상관없는 일로 와아 웃었다. 성향이라고? 뭐였지? 내가 어떤 성향이었더라.

나는 희미하게 웃었다. 호주머니 안에서 오른손을 움직여 디지털 녹음기의 정지 버튼을 눌렀다. 이런 때를 위해 나는 항상 녹음기를 갖고 다닌다. 최근에 나온 제품은 작고 편리하다.

"그냥 한번 말해봤어요. 저도 그 친구들을 그리 좋아하는 것도 아니고."

가토 씨가 웃었다. 그의 얼굴은 번들번들 윤기가 있다.

"아참, 그렇지, 사토 씨하고는 어땠어?"

관심도 없으면서 그가 물었다. 계속 해고 얘기만 하는 건 거북하니까.

"건강하시던데요."

나는 그렇게 말했다.

"미인 비서가 두 명이나 있었어요."

"그래?"

가토 씨는 불만스러운 기색이었다. 사실은 고양이인데.

돌아오는 길. 나는 좀 취했다. 취한 척했을 뿐이었는데. 녹음기를 꺼내 귀에 댔다. 희미한 잡음과 또렷한 가토 씨의 목소리. 그가 사무실에서 상당히 멀리 떨어진 술집으로 오라고 했을 때부터 이런 얘기일 거라고 짐작했었다.

오늘은 그녀의 집에 가지 않는다. 그동안 거의 매일같이 지나치게 자주 갔었다. 하지만 혼자서 내 방에 있을 자신은 없었다. 나는 취했다. 잠들 자신도 없었다.

심장이 갑작스럽게 빠르게 두근거렸다. 원룸 입구에 한 남자가 서 있었다. 행방불명이라는 그 남자가 내 원룸 앞에 서 있었다. 신경질적인 듯한, 사진 속의 그 남자였다. 나는 그 자리에 우뚝 선 채 남자를 멀거니 보았다. 남자도 계속 나를 보고 있었다.

원룸 맞은편의 좁은 길을 차 두 대가 지나갔다. 왜 내 원룸에, 라는 건 쓸데없는 질문이다. 그는 내내 우리를 지켜보고 있었던 것이다. 왜 나한테, 라고 묻는 것도 쓸데없다. 분명 그녀에게 볼일이 있었을 테니까. 그녀에게 볼일이 있지만, 내가 옆에 있는 현재의 상황이 복잡해서 직접 나를 만나러 온 게 틀림없으니까.

결과적으로 긴 침묵이 되었다. 그는 내가 입은 양복을 빤히 보고 있었다. 얼마 전까지 그가 입었던 양복. 그는 엉망으로 구겨진 셔츠와 면바지를 입고 있었다. 뭔가가 벗어놓은 허물 같은.

"근처에 바가 있어요. 거기로 가죠."

긴 침묵을 깨고 나는 갑작스레 그렇게 말했다. 남자는 아직도 내가 입은 양복을 보고 있었다.

"가능하면 남의 눈에 띄지 않는 곳이 좋은데. 당신 집은 어때요?"

무슨 소리를 하는 건가. 이렇게 버젓이 눈에 띄는 곳에 서 있었으면서.

"만일 당신이 내 입장이었다면…… 자기 집에 들이겠습니까? 잘 알지도 못하는 사람을? 게다가 행방불명인 사람을?"

남자가 피식 웃었다. 왜 그런지 만족스러운 듯이.

"그건 그렇죠. 나라면 이런 사람은 집에 들이지 않을 겁니다."

9

어슴푸레한 바. 손님이 아무도 없는 어두운 공간이 마치 유혹하는 것처럼 보였다. 카운터 안쪽 자리보다 좀 더 안쪽의 테이블에 앉았다.

나는 맥주를, 남자는 위스키를 주문했다. 남자는 취할 작정인지도 모른다.

"닮았네요, 아주 많이."

남자가 나를 보며 말했다. 창 건너편에서 사이렌 소리가 들렸다. 분명 나와 그는 닮았다. 얼굴이라기보다 분위기 같은 것이. 사진을 봤을 때부터 그런 생각은 들었다.

"사나에를 만나려고 왔어요. 하지만…… 만나서 어쩌려는 것인지 나도 잘 모르겠어요."

남자가 위스키를 입에 댔다. 정말로 어쩌려는 것인지 잘 모르는지도 모른다. 표정이 일정하지 않았다. 어떤 결단이나 각오의 기척도 없었다. 그런데도 남자는 입을 열었다.

"어쩌면 그녀를 죽일 마음을 먹었는지도 모르죠. 혼자 죽는 건 싫으니까."

"하지만 그런 거라면 왜 그걸 나한테 말하죠? 누군가에게 말하면 방해하고 나설 텐데."

남자가 놀란 듯이 나를 보았다. 어쩌면 정말로 놀라고 있는지도 모른다.

"진짜. 그건 그렇죠."

남자가 고개를 끄덕였다.

"말하지 말걸 그랬네. 당신 말이 맞아요. 내가 왜 말을 했지?"

남자가 위스키 잔을 멍하니 바라보다가 입을 열었다.

"실례지만, 도망치는 생활을 해본 적 있어요?"

"없습니다."

"거, 다행이네요."

그렇게 말하면서 위스키 잔을 비우고, 다시 같은 것을 주문했다. 남자는 술에 취해 점점 가라앉는 것 같았다. 우리와는 다른 장소에. 우리와는 다른 층에.

"만일 그녀가 행복하게 지낸다면 만나지 않겠죠. 내 일에 휘말리게 하는 건 미안하니까. 근데……."

남자가 나를 보았다. 나를 바라보면 모두 다 안다는 것처럼.

"아무래도 그녀는 행복하지 않은 것 같아."

긴 침묵. 나는 무슨 말을 해야 할지 알 수 없었다. 그의 말은 맞았다.

"그래서 그녀하고 한 약속을 지키자 싶어서."

"약속?"

"약속. 죽인다는 약속."

손님이 오는 기척도 없다. 가게 안은 조용했다.

"그건 그녀가 말한 거예요?"

"정식으로 말하지는 않았죠. 그냥 느꼈어요. 거의 날마다. 내가 실종되기 직전쯤에는 한 시간마다, 일 분 일 초마다 죽여줘, 라고 했으니까. 지금이라면 나도 각오가 되었는데."

남자가 나를 멍하니 보았다.

"당신도 그녀에게 그런 느낌을 받을 때가 있지요? 어때요,

각오는 되었어요?"

그녀가 말했던 복합빌딩 옥상 이야기가 떠올랐다. 죄를 묻지 않을 상황에서라면 부탁할 수 있다고 그녀는 말했었다.

"무슨 얘긴지 모르겠는데요."

"그녀는 종이학 사건에서 홀로 남은 아이니까요. 이래저래 힘들었겠죠."

"그 사건에 대해 뭔가 얘기했었어요?"

남자가 느닷없이 웃음을 지었다. 재우쳐 묻는 나를 비웃듯이.

"유감스럽지만 아무 얘기도 못 들었어요. 다만 가위에 눌리곤 했죠. 일주일에 한 번은. **커다란 것**, 이라느니 뭐니 중얼거리면서……. 그 사건을 저지른 놈, 괴물이겠죠? 이 세계에 어쩌다 하나씩 있는, 대부분의 사람들은 평생 만날 일도 없는, 진짜 괴물……. 그런 괴물이 욕망을 해방해 버린 세계 쪽에 있었던 거예요. 그건 대미지라기보다 그녀의 몸 어딘가를 도려내는 정도의 경험이었겠지요."

남자가 다시 위스키를 주문했다.

"그녀는 지옥에 있는지도 모르겠어요. 왜 그녀가 지옥 속에서 나 같은 남자를 필요로 했는지는 모르겠지만. 자신을 죽여

췄으면 하는 단순한 이유만은 아닌 것 같기도 하고."

"그래서……."

"예에, 하지만 그게 뭔지 모르니까 최소한 그녀의 소원만이라도."

그는 계속 취해 있었지만 그 취기의 정도는 일정했다. 그게 원래 그의 정해진 위치라는 듯이.

"살인을 하면 그때는 돌이킬 수 없어요."

"그렇겠죠?"

"자수해요. 그러면 더 이상 도망치지 않아도 됩니다. 지금이라면 다시 일어설 수 있어요."

남자가 웃었다. 확실하게.

"대단하시네. 당신이 그런 말을 하다니. 다 알면서……. 인생은 언제든 다시 일어설 수 있다. 당연한 얘기죠. 다시 일어설 수 없는 인생 따위, 없어요. 문제는 내게 그럴 마음이 없다는 거예요. 다시 살 수 있느냐 없느냐, 그런 게 아니라."

"하지만 체포된다면?"

"그때는 죽을 겁니다. 어떤 수단을 써서라도. 감옥에 들어가면서까지 살고 싶을 만큼 살아갈 동기가 강하지 않아서."

남자가 시선을 던졌다. 거의 줄어들지 않은 내 맥주잔에.

"그녀를 죽이고 나도 죽을 생각이에요. 문제는 그걸 지금 당신에게 말해버린 것이죠. ……어떻게 될까, 이 상황."

남자가 웃었다. 하지만 갑작스레 표정이 나른해졌다. 멍한 눈빛, 헤벌어진 입.

"하지만 어차피 죽일 거라면…… 이런 건 어떨까. 여러 사람을 고용해서 그녀를 덮치게 하는 거예요. 성적으로."

남자의 표정은 변하지 않았다.

"나는 그것을 어딘가에 숨어서 지켜봐요. 내가 사랑한 여자가 손상되는 것을……. 나는 벌레처럼 납작 엎드려 골똘히 그걸 지켜보는 거예요. 이를테면 가구 뒤에 숨어서 바닥에 뺨을 대고 그 가구 밑의 틈새로 내다보는 식으로."

돌연 나를 바라보았다.

"그게 아니면, 당신과 그녀의 섹스를 엿볼 수 있게 해주든지……. 당신이 하는 방식에 대해 숨어서 바라보던 내가, 그게 아니야, 그녀는 그게 아니라 이렇게 해주는 걸 더 좋아하는데, 라고 답답해하면서 말이죠……. 혹은 나보다 당신 쪽이 더 기분 좋다고 헐떡거리는 그녀에게 굴욕과 증오를 느끼면서도, 동시에 당신을 부러워하고 당신과 깊은 동질감을 느낀다든가……. 어때요, 그렇게 해준다면 나는 그녀를 죽이지 않을 수도 있는데."

미친 건 아닐 텐데, 라고 나는 생각했다. 단지 끝장이 난 것이다, 그의 내면 대부분이.

"엇……. 아하, 그렇군. 어쩌면 나는……."

남자가 불쑥 그렇게 말했다.

"뭐요?"

"아, 아무것도 아닙니다."

남자가 뭔가 생각에 빠져 있었다. 이 사람을 어떻게 해야 좋을지 나는 알 수 없었다.

술집의 정적 속에 나 자신이 동화해 가는 것처럼 느껴졌다. 나는 자리에서 일어섰다.

"실례합니다, 잠깐 화장실에."

술집 시계를 곁눈으로 흘끔 확인했다. 남자 쪽에서는 보이지 않는 것을 확인하고 계산대에 있는 술집 명함을 슬쩍 챙겨 넣었다.

그리 많이 마신 것도 아닌데 나는 취해 있었다. 세면대에서 얼굴을 씻고 화장실 칸에 들어가 탐정에게 문자메시지를 보냈다. '그 남자와 술을 마시고 있습니다. 장소는…….' 휴대전화를 호주머니에 넣어두기를 잘했다. 탐정에게서 곧바로 답신이 왔다. '십오 분이면 갈 수 있어.' 이 근처에 있는 것이리라. 그 탐정이라면 혼자서 찾아오는 바보 같은 짓은 하지 않을 것이다.

테이블에 돌아오자 남자가 슬며시 웃었다. 나는 입을 열었다. 유예를 부여해 주듯이.

"자수하기를 권합니다. 경리 부정 따위, 상황에 따라서는 금세 나올 수 있어요. 당신 빚도 변호사와 상담하면……."

"싫다니까. 아까도 말했잖아요. 실은 그런 때를 위해 약도 준비해 뒀는데."

남자가 테이블 위의 알약을 건드렸다. 미리 꺼내놓은 것이다. 내가 화장실에 간 사이에. 남자가 내 맥주잔을 빤히 쳐다보고 있었다.

"자아, 내가 그 잔에 이 약을 넣었을 수도 있어. 당신이 죽으면 나는 행동에 나서기가 쉽다는 걸 눈치챘을 수도 있다고. 어때요, 마실 용기가 있어요?"

남자가 나를 보았다. 진지하게. 이제부터 일어날 일을 모조리 맛보고 싶다는 듯이. 사치스러운 악惡이라도 감상하듯이.

"이 알약은 기이한 물건이야. 녹아드는 액체에는 아무 변화도 없이, 무색투명하게 퍼지고 침식해서 모든 것을 독으로 바

84

꾸지. 어때요, 꽤 근사하죠?"

나는 술에 취했다. 이 맥주 속에 알약 같은 건 넣지 않았다고 생각했다. 그렇게 생각할 근거는 없었다. 하지만 그렇게 결론을 내리고 있었다.

유리잔을 들었을 때, 심장의 두근거림이 빨라졌다. 하지만 뭔가 내 안에 퍼져갔다. 따뜻하게, 몸에 스며드는 듯한 온도. 이런 불확실한 확신에 나 자신을 내맡기는 것의 온도. 어딘가로 유리되어 가는 온도. 이렇게 나 자신을 함부로 하는 것으로 인생이라는 걸 한껏 업신여기는 온도. 나는 웃었다. 그런 나 자신을 제지할 마음이 없었다. 딱히 죽고 싶다는 생각 따위는 없는데도 나 자신을 제지할 마음이 없었다. 유리잔을 입에 대고 기울였다. 입술에 닿은 맥주가 틈새로 흘러들었다. 나는 다시 온도를 감지했다. 이건 맥주 맛이 아니라고 생각하면서. 혀에 휘감기는 단맛이라고 생각하면서. 목을 타고 넘어간다, 천천히, 확실하게. 나는 웃음을 짓고 있었다. 액체가 위 속으로 가라앉았다.

하지만 내 몸에는 아무 변화도 없었다. 내 인생에도. 이 술집에 여전히 존재했다. 나라는 자아로.

"하하하, 놀랍군. 마셔버리다니……. 아무것도 안 넣었어요.

85

안심해요. 아니지, 아쉬워한 거 아니야? 당신, 역시 망가진 것 같군. 그게 아니면…….”

남자가 옅은 미소를 지었다.

“나를 함정에 빠뜨렸으니까 이 정도의 도박쯤은 기꺼이 하실 생각이었어? ……불렀지, 그 사람들?”

남자가 알약을 호주머니에 챙겨 넣었다. 가슴이 서서히 술렁였다.

“뭐, 이해는 되네요. 어쩔 수 없는 일이죠. 진짜 **어떻게 해야 좋을지 모르겠는 이런 인간**, 나라도 난처했을 테니까.”

“어디로 갈 건데요?”

“도망쳐야죠. 그리고 숨을 거야……. 나는 그녀를 죽이겠지. 혼자 죽기는 싫으니까.”

남자와 시선이 마주쳤다. 몇 초인 것 같은데 몇 분 정도로 느껴졌다.

“얼마 만에 오겠다고 했어요?”

“한 시간쯤. 앞으로 당신과 한 시간이나 함께 있어야 한다는 게 힘들었는데, 잘됐네요, 들켜서.”

“그렇다면 삼십 분이군. 의외로 빠르네.”

자리에서 일어서는 남자를 나는 불러 세웠다. 시계를 슬쩍 확인했다. 이제 5분.

"도망치기 전에 한 가지만 물어봅시다. 당신, 그녀와는 어떻게 친해졌어요?"

남자가 선 채로 나를 멍하니 보았다.

"고등학교 동창이었어요."

"예?"

"하지만 학교 다닐 때는 거의 면식이 없었어요. 그녀는 우리 학교로 왔다가 금세 전학했으니까……. 근데 우연히 다시 만나서."

고등학교 동창이라고? 내가 만났던 것과 비슷하다. 어떻게 된 걸까.

"다시 만났고, 그래서 어떻게 친해졌는지……."

내 말에 남자는 생각하기 시작했다.

"그 말을 듣고 보니…… 왜 그랬을까. 모르겠네요. 그냥 문득 깨닫고 보니 나는 그녀와……."

내 심장은 계속 빠르게 두근거렸다. 남자가 등을 돌려 술집을 나갔다. 돌아보는 일도 없이.

문 너머에서 소란한 소리가 들렸다. 누군가 벽에 부딪히는 소리, 누군가 저항하는 소리, 누군가 잡혀버렸고, 이윽고 체념

하는 소리. 나는 담배에 불을 붙였다. 연기가 불규칙하게 위로 올라갔다.

탐정이 술집 문으로 들어왔다. 그 너머에서 수많은 사람들의 발소리가 울렸다.

"고마워. 이걸로 내 일거리도 끝났군."

"어떻게 해야 좋을지 몰랐던 거예요."

나는 솔직히 그렇게 말했다. 어떻게 해야 좋았던 것일까. 그런 사람을.

"그러셨겠지. 근데 다들 그래. 어떻게 해야 좋을지 모르는 거야."

말이 나온 김에, 라는 듯이 탐정이 술값을 계산해 주었다. 나는 내가 내겠다고 말할 기력도 없었다.

10

집에 돌아왔다. 침대와 텔레비전 외에 책이며 DVD가 놓인 선반.

벽을 등지고 카펫 위에 털썩 앉아 담배에 불을 붙였다. 술에 취한 것뿐만 아니라 몹시 지쳤다. 잠을 잘 수 있을 것 같지도 않았다. 양복을 벗어 옷걸이에 걸었다. 그 남자가 매달린 것처럼 보였다. 그는 앞으로도 계속 이런 식으로 나를 지켜볼지도 모른다. 가방 속에는 사토 사무실에서 보내준 서류봉투가 있었다.

봉투 안에는 USB 메모리와 종이 한 장이 들어 있었다. 종이는 편지가 아니라 어느 정신과 홈페이지 화면을 출력한 것이었다. 마지막에는 이 병원에 가게 될 거라고 비꼬는 것인가. 수수께끼 속으로 파고들었다가 그 속에서 질식했을 때, 이 병원에라도 가서 신세를 지라는?

컴퓨터를 켜고 USB 메모리를 꽂았다. 안에는 두 개의 파일이 있었다. 영상파일과 음성파일. 심장의 두근거림이 조금 빨라졌다. 나는 영상파일을 클릭했다.

히오키 사건의 현장 사진. 압도적인 색채에 나는 놀랐다. 거실에 아로새겨진 무수한 종이학. 하양이며 빨강, 파랑, 노랑, 초록, 검정의 종이학. 그 속에 매몰되듯이 세 사람이 쓰러져 있었다.

장식장에 엎드리듯 쓰러진 파자마 차림의 남자. 그가 히오키 다케시일 것이다. 사다리를 올라가던 중에 그대로 얼어붙어 버린 듯한 자세였다. 소파 옆에 마찬가지로 엎드려 있는 비쩍 마른 소년. 아들일 것이다. 그들 주위의 종이학은 배색이 약간 침침하게 낮춰져 있다. 창문 근처에 여자의 벌거벗은 몸이 있었다. 입을 조금 벌리고 죽어 있었다. 아내 유리라는 여자. 나는 숨을 죽였다. 분명 여자는 아름다웠다.

태아처럼 웅크리고 누워 눈을 감고 있다. 그 벌거벗은 몸 위를 덮으며 종이학이 빗금의 줄무늬를 그려냈다. 마치 그 몸 주위를 종이학으로 빙글빙글 휘감은 것처럼, 나선 모양으로 여자를 지켜주려는 것처럼. 빨강과 노랑과 하양을 기조로 한 색의 배합이 매우 선명해서 마치 방 한쪽 구석에 있는 그 자리가 중심인 것처럼 보였다. 혈흔은 없었다. 아마도 모조리 종이학으로 덮어버린 모양이다. 방 전체가 도무지 생각나지 않던 꿈을 돌연 눈앞에 들이댄 것처럼 몹시 불안한 색감이었다. 물결이 치고 소용돌이가 이는 듯한, 공포의 깊은 아름다움을 표현한 듯한 색감. 세 사람은 잠든 것처럼도 보였다. 음참陰慘함을 배제한 그 색깔의 아름다움은 어쩐지 불쾌했다. 영상의 중심을 보고 있어도 시선이 한쪽 구석으로, 아내 유리의 몸으로 쏠려간다. 부자연스럽게 흔들리는 그 시선의 이행移行에 왠지 점점 더 불안해진다. 나는 질투를 느끼고 있었다. 유리의 몸을, 성적으로 보고 있는 나 자신을 깨달았다. 나는 그런 인간이 아니다. 그녀가 너무도 아름답게, 마치 잠든 것처럼 보인다고 해도 그건 죽은 몸이다. 나는 사체에 성적 흥분을 느끼는 인간이 아니다. 내게 그런 취향은 없다. 영상파일을 닫았다. 목이 컬컬하게 말랐다.

음성파일을 열자 잡음이 이어지고 이윽고 소리가 들려왔다.

볼륨을 최대로 올려도 소리가 작았다. 나는 컴퓨터에 귀를 가까이 댔다. 훔쳐 듣는 것처럼.

—잠이 들기 전에는 뭘 했지?

—…….

—천천히 말해도 돼. 응, 괜찮아.

—다른 때하고 똑같아요……. 텔레비전 봤어요.

—어떤 방송이었지?

—몰라요……. 무서워요.

질문하는 남자와 대답하는 소녀. 이 목소리는 아마도 사토 변호사인 것 같다. 또 다른 목소리는 여자아이, 어린 시절의 사나에.

—응, 그래서 주스를 마셨어?

—네…….

—왜 그랬을까? 소문이 돌았을 텐데. 위험한 주스병을 나눠주는 아저씨가 있다고. 근데 그걸 왜 마셨지?

—…….

—아니, 너를 혼내려는 게 아니야. 왜 마셨는지 알고 싶은 거야.

—목이 말라서요.

—위험하다는 생각은 안 했어?

—마시라고 했어요.

—누가?

—토끼.

잠시 틈이 벌어진다. 나는 다시 좀 더 귀를 가까이 댔다.

—그건 그러니까, 병에 인쇄된 그 토끼 그림이 네게 그렇게 말했다는 건가?

—몰라요……

—그러고 나서 잤어?

—네.

—그렇다면 기억이 나지 않겠구나?

—네.

—그럼 그건 뭐지? 네가 자면서 가위눌릴 때 중얼거리는 말……. **커다란 것**. 그건 무슨 뜻일까?

—…….

—천천히 말해도 돼.

—무서워…….

—사나에?

—무서워. 무서워.

음성은 거기서 끝이 났다. 나는 내내 숨을 멈추고 있었다는 것을 알았다. 사건 당시, 혼자 남은 여자아이는 세간의 동정을 한 몸에 받았다.

여자아이는 아침에 일어나 계단을 내려와 그 현장을 보았다. 아이는 경찰이 아니라 조부모의 집에 전화를 걸었다. 조부모가 경찰에 연락하고, 그들도 신칸센을 타고 달려오기로 했다. 경찰이 문을 부수고 현장을 발견했다. 여자아이는 2층 자신의 방 벽장 안에 있었다. 꼭꼭 숨듯이.

나는 다시 한번 음성파일을 재생했다. 소녀의 목소리에 묻어나는 두려움은 지금의 그녀에게도 남아 있었다. 하지만 지금의 그녀는 그렇게 두려워하면서도 안쪽 깊은 곳에는 웃음이 있는 것 같았다. 그런 웃음을 그녀는 언제 익혔을까. 그 불쾌한 웃음을.

음성을 그대로 두고 다시 영상파일을 열었다. 무수한 종이학 화면에 두려움에 떠는 소녀의 목소리가 겹쳤다. 의식이 멍해져 가는 가운데서도 내 시선은 다시 아내 유리의 몸쪽으로 쏠려갔다. 멀미와도 같은 감각. 이렇게 사건의 수수께끼에 빠져들고, 나 자신의 일탈을 코앞에서 확인하며 다시 좀 더 안으로 안으로 빨려 들어가는 트릭. 광기를 향한 트릭. 나는 그런

흐름에는 올라타지 않을 것이다. 나는 지금 냉정하게 임해야
한다.

느닷없이 현관의 차임벨이 울렸다. 현관문을 바라보며 다시
심장의 두근거림이 빨라졌다. 끌려간 그 남자가 도망치는 데
성공해서 여기까지 온 것일까. 나를 죽이러 온 것인가. 시간은
새벽 두 시. 정상적인 사람이라면 남의 집 차임벨을 누를 리
없다. 나는 현관문에 다가갔다. 컴퓨터에서는 소녀의 두려움
에 떠는 목소리가 작게 흘러나왔다.

─위험하다는 생각은 안 했어?

─마시라고 했어요.

─누가?

─토끼.

현관문 외시경으로 상대를 살펴보았다.

─그럼 그건 뭐지? 네가 자면서 가위눌릴 때 중얼거리는
말……. **커다란 것.**

문 너머에는 탐정이 서 있었다. 나는 숨을 내쉬고 바짝 긴장
했던 몸의 힘을 풀었다. 자물쇠를 내리고 천천히 문을 열었다.
음성파일의 재생이 끝났다.

"아, 미안해, 이런 한밤중에."

"무슨 일입니까?"

"답례를 하러 왔어."

"필요 없다니까요. 아뇨, 여기서 그냥 얘기해요. 들어오지 마시고요."

"그러면 내가 좀 곤란하거든."

억지로 안에 들어섰다. 봉투를 꺼낸다.

"백만 엔이야. 받아."

"필요 없어요."

"하하하, 전에도 말했잖아. 일단 받고 마구잡이로 써버리라니까."

탐정이 돈 봉투를 신발장 위에 올려놓았다. 웃음을 짓고 있었다.

"그 사람은 어떻게 됐죠?"

"마음에 걸리시는 모양이네."

"네, 나의 분신이니까요."

나는 일부러 그렇게 말했다. 탐정이 이번에는 확실하게 웃었다.

"그 사람은 **그들**에게 끌려갔어. 회사 사람들에게……. 괜찮아. 살해되거나 하지는 않아. 하지만 입원은 할 거야. 상당히 머리가 돌아버렸으니까. **그리고 그 사람, 교정되어서 다시 세상으로 돌아올 거야.**"

나는 탐정을 바라보았다. 이마에 땀이 돋아 있었다.

"그들이 당신에게 아주 고마워하는 것 같아. 당신을 만나고 싶어 하네? 자, 어떻게 하실래? 이래저래 편의를 봐줄 텐데. 그들은 상당히 힘이 있거든."

"사양합니다."

"현명한 대답이야. 하지만 이상하군, 당신이라면 따분해서라도 그들과 접촉할 거라고 생각했는데."

탐정의 시선이 움직였다. 방으로 이어진 반쯤 열린 문틈으로 컴퓨터 화면이 보이는지도 모른다. 영상 속, 무수히 많은 종이학의 선명한 색채가.

"하지만 이제 당신에게는 필요 없을지도 모르겠군, 그런 심심풀이는. 아무래도 또 다른 수렁에 빠져든 것 같으니까."

탐정이 명함 한 장을 내밀었다.

"이건 내가 주는 답례야. 어느 프리라이터의 명함이지. 이 사람은 책을 쓰려고 했었어. 종이학 사건으로."

나는 아무 말도 하지 않았다. 뭔가 목소리를 내서 그의 비웃음을 사고 싶지 않았다.

"진상까지 꽤 접근했다고 들었어. 하지만 출판에는 이르지 못했지. 유가족의 프라이버시를 지나치게 파고든 내용이라서. 유가족, 즉 어린아이였던 사나에 씨 측에서 소송을 걸면 높은 확률로 책의 출판이 금지될 거라서……. 그게 그렇잖아, 범죄 피해자의 프라이버시를 까발리는 책이라니. 당연히 세상 사람들의 비난을 받겠지."

탐정이 웃었다.

"게다가 이 프리라이터, 약물중독이라는 게 밝혀졌어. 그러니 뭐, 출판이 가능할 리가 없지. 출판사 측에서도 그가 조사한 게 과연 팩트인지 아닌지 판단을 내리지 못했어. ……하긴 그가 약물에 손을 댄 것은 한창 이 사건을 쫓던 중이었지만."

내게로 시선을 던졌다. 의미심장하게.

"연락해 봐. 괜찮을 거야. 이제 나이도 들었고, 돈에 쪼들리는 모양이니까 인터뷰 사례비라도 듬뿍 쥐어주면 접촉하기는 어렵지 않을 거야."

탐정은 명함도 신발장 위에 올려놓았다. 부자연스럽게 명함으로 옮겨 가던 내 시선이 흔들리더니 나도 모르게 명함 쪽으로 쏠려갔다. '간자키 가오루'라는 이름이 보였다.

"보아하니……당신도 어딘가에서 교정을 좀 받는 게 좋을지도."

탐정이 말했다. 뭔가 흐뭇한 듯이.

"하긴 나도 남의 말 할 처지가 아니야. 한가해지기도 했겠다, 엄청 구미가 당기는데 말이야. 그 사람 만나면 나한테도 알려줘. 앞으로도 나는 당신에게 도움이 될 테니까."

탐정이 문을 나섰다. 도저히 잠을 잘 수 있을 것 같지 않다.

11

그녀 위에 올라탄다.

섹스를 하면서 목을 조른다. 세게, 세게. 이런 짓은 하고 싶지도 않으면서.

하지만 그녀는 웃고 있다. 어디 해볼 테면 해봐, 라는 얼굴로. 이렇게까지 굴러 떨어졌다, 라는 얼굴로. 나는 느닷없이 거센 욕망을 느낀다. 지금까지 느껴본 적이 없는 욕망. 눈앞이 컴컴해진다. 뭔가와 일체가 된 것처럼.

눈을 떴더니 그녀는 술을 마시고 있었다. 나는 옷을 입은 채였다.

"갑자기 잠들어 버리던데? 깜짝 놀랐어."

그녀가 그렇게 말하며 웃었다. 꿈속과는 다른 웃음으로.

"네가 침대로 옮겼어?"

"응. 테이블에서 잠들어서."

화분에는 넣지 않았구나, 라고는 말하지 않았다. 좋은 기회였는데, 라는 말도.

"행방불명이던 그 사람, 찾았어."

나는 불쑥 그렇게 말했다. 불쑥 말해버리기로 미리 마음먹었으니까.

"뭐?"

"그러니까 그 사람, 찾았다고. 회사 사람들이 데려갔어."

그녀가 나를 보았다. 농담인지 아닌지 가늠해 보는 기색으로. 하지만 그녀는 사실이라는 것을 알고 있다. 나는 농담을 즐기는 타입이 아니니까.

"그 사람, 나에 대해 뭔가 얘기했어?"

미련이라도 있는 걸까. 왜 그런지 기쁘다. 질투하고 싶은 건지도 모른다.

"네가 보고 싶대."

"그래?"

"그리고 죽일 작정이라고 말했어."

"뭐?"

"약속했대. ……너, 죽고 싶어? 왜?"

나는 그녀를 물끄러미 바라보며 말했다.

"히오키 사건에서 홀로 남은 유족이라서?"

그녀가 나를 마주 응시했다. 침묵이 이어진다. 이건 불쑥 말할 작정이 아니었다. 하지만 말해버렸다. 왜일까.

"알고 있었구나……."

"그 사람을 찾아다니던 탐정에게서 들었어. 그 남자와 고등학교 동창이었다면서? 나는 중학교 동창이고. 뭔가 의도가 있는 거야?"

"무슨 의도?"

"그때 너는 바에 있었어. 나도 술을 마시고 있었고, 거기서."

나는 불쑥 지껄여댄다. 그럴 마음도 없었으면서.

"사실 나는 혼자서 바에 가는 일은 별로 없었는데 요즘 내내 그런 식으로 마구 놀아버렸어. 너를 그 바에서 본 것은 그날이 세 번째였지. 내가 말을 걸어줬으면 하는 몸짓을 보였지? 그런 정도는 나도 알아. 나도 바보는 아니니까. 같은 중학교에 다녔다는 우연은 있었지만, 면식도 없었고, 대화는 이어지지 않았어. 그리고 너는 '대지진이 난 뒤라서 혼자 있기가 무서워'라고 말했지. 거짓말이라고 생각했어. 혼자 있고 싶지 않은 이유를 대충 꾸며낸 거라고. 너는 술에 취한 척 했어. 내가 택시로 집까지 바래다주게 하려고."

그녀는 침묵하고 있었다. 나의 바보 같은 요설에 대해.

"보통 남자라면 그대로 너를 어딘가로 데려갔겠지. 하지만 그때까지의 나는 그런 식으로, 정말 여자를 집에 바래다주기만 하고 돌아오는 사람이었어. 섹스를 하고 싶지만 뒷일이 번거로워질 것을 생각하면 선뜻 그럴 마음이 나지 않아서. 하지만 너는 원룸에 도착하자 그 주변을 걷자고 말했어. 술에 몹시 취한 기색으로, 술도 깨고 싶고 어쩐지 걷고 싶으니까 걷자고. 그런 컴컴한 한밤중에, 그런 어두운 길에서. 그렇게까지 말하는데 나도 물론 택시에서 내릴 수밖에 없었지. 하지만 사실을 말하자면 그때 나는 너를 내심 비웃었어. 처음부터 너와 섹스를 할 속셈이었지만 네가 어떻게 나올지 테스트하듯이 지켜보고 있었으니까."

그녀는 어디까지 내 얘기를 듣고 있을 수 있을까. 이런 바보 같은 소리를.

"근데 내가 이런 말을 하는 것도 웃기지만, 나는 그리 매력적인 남자가 아니야. 여자 쪽에서 먼저 유혹할 만큼의 남자가 아니라고. 어찌됐든 넌 혼자 있고 싶지 않았던 것뿐이겠지? 물론 누구라도 괜찮았던 것은 아니겠지만, 뭐가 무섭다는 거지? 히오키 사건의 범인이 언젠가 너를 죽이러 오기라도 해? 내내 이런 식으로 누군가를 네 곁에 불러들였어?"

그녀가 나를 보았다. 왜일까, 그녀가 갑작스레 아름답게 보였다. 연약하게 나를 바라보는 눈빛이며 입술에 빨려 들 것 같은 기분이다. 이건 뭘까. 아니, 그보다 나는 아까부터 뭘 하고 있는 건가.

"10년 후……."

그녀가 돌연 입을 열었다.

"10년 후에 다시 만나러 온다고 했어."

그녀의 눈이 왠지 내게 교태를 부리고 있었다. 지금은 그럴 때가 아닐 텐데도. 나는 숨을 죽였다.

"그건…… 범인이?"

"응."

심장의 두근거림이 빨라졌다.

"근데 10년이 지나도 나타나지를 않아. 무서웠어. 올 거라

104

면 와도 좋아. 오지 않는 게, 그 유예가, 괜히 더 무서워. 나한테 말했었어. 네가 행복하지 않다면 그때는 아름답게 죽여주겠다고……. 그래서 나는 행복해져야만 해. 하지만 행복했던 적이라고는 없었어. 그런데도 오질 않아. 언젠가 틀림없이 올 거면서."

"아, 잠깐."

나는 그녀를 계속 바라보았다.

"네가 범인을 만났었어?"

"나는……."

"이상하잖아. 넌 자고 있었다면서, 수면제를 먹고."

그녀가 나를 보았다. 왠지 서글프게. 서글퍼서 견딜 수 없다는 듯이.

"범인이 두 사람이었구나. 그렇지?"

방 안이 조용해졌다. 그녀는 다시 서글픈 눈빛을 하고 있었다.

"아니, 그렇게 생각할 수밖에 없잖아. 밀실이었고, 열려 있던 화장실 창문으로 성인은 들어올 수 없었어. 어린아이라면 들어올 수도 있겠지만, 어린아이는 그런 범죄는 불가능해. 그렇다면 부자지간이라든가 하는 두 명이 들어왔던 거 아니냐고. 어때, 아니야? 그리고 어른 쪽이 너의 가족을 살해하고 창문이든 어디로든 나갔다. 그다음은 어린애가 문을 잠가 밀실처럼 보이게 해놓고 자신은 화장실 창문 틈새로 나왔다……. 그렇잖아? **엄청나게 기묘한 듀엣 같은 자들이** 그렇게 너의 가족을……. 살인사건의 역사에서 그런 듀엣 따위는 들어본 적도 없지만, 그것밖에는 다른 방법이 없어, 그 사건은. 그래서 너는 범인 찾기를 하는 중이다……. 그런 거 아니야?"

그녀는 움직이지 않았다. 손에 유리잔을 든 채로. 술이 담긴 유리잔을 든 채로.

"나에 대해 미리 알아보고 의도적으로 접근했지? 왜 나를 범인이라고 생각했는지 모르겠고, 나는 범인도 아니지만……. 그때 왔던 어린애를 닮았나? 그게 아니면 어른 쪽을 닮았어?"

그녀가 돌연 웃었다. 나를 비웃듯이.

"무슨 소리야, 부자지간 같은 범인이라니, 그게 말이 돼? 당신, 괜찮아?"

"너는 나를……."

"대체 왜 그래? 듀엣이라니, 뭔 소리야. 머리가 어떻게 된 거야?"

그녀의 표정은 나의 치졸한 추리를 비웃고 있었다. 나는 갑자기 창피해져서 지극히 평범한 나 자신을 깨닫고 분노 비슷한 감정이 솟구쳤다. 하지만 그녀가 일부러 그런 투로 말했다는 것을 깨달았다. 그녀가 다가왔다. 입을 살짝 벌리고.

"나는 그냥 무서웠을 뿐이야. 언젠가 나를 죽이러 올 사람이……. 그래서 개가 되고 싶었어. 주인의 보호를 받아서 들개에게 습격당하는 일이 없는 개."

그녀의 눈이 촉촉해져 있었다. 아름답다. 나는 숨을 죽였다. 나 자신의 치졸한 사고에 대한 분노를, 나 자신의 변변치 못함에 대한 분노를, 그녀에게 들이대고 싶어졌다.

"나를 소유해 줘. 당신 것으로 만들어. 당신이 내 것이 되지 않더라도 내가 당신 것이 될 테니까. 어쩌다 오는 거, 싫어. 나를 좀 더 사랑해 줘, 죽여도 좋으니까. 나를 당신이 하고 싶은 대로 해. 그 범인이 오기 전에, 당신이 그렇게 해줬으면 좋겠어. 그래서 범인에게 말할 거야, 안됐네요, 라고. 당신이 하기 전에 나는 이미 다른 남자에게 엉망진창으로 당해버렸다고요, 라고. 웃으면서."

그녀는 숨이 흐트러져서 혀를 내 입에 넣는다. 몸이 뜨겁다. 나는 그녀를 침대에 눕힌다. 그녀의 옷을 벗기고, 얼굴을 그녀의 가슴에 묻는다. 혀로 핥는다, 뭔가를 먹는 것처럼, 허겁지

겁 게걸스럽게 먹는 것처럼.

"죽여도 좋아. 당신 하고 싶은 대로 해. 엉망진창으로 만들어도 좋아."

그녀가 헐떡인다. 숨을 거칠게 흐트러뜨리면서. 나는 그녀의 몸에 파묻혀 간다. 어느 틈에 이렇게 된 걸까, 그녀를 망가뜨리고 싶다고 생각한다. 그녀를 망가뜨리고 나 자신도 망가뜨리고 싶다고. 내 이런 인생을, 이 시시해 빠진 인생을. 멀리서 사이렌 소리가 났다.

12

기즈카와 다카오카의 실수를 꼼꼼하게 바로잡아 주었다. 이치이와 나라자키, 다카하시의 실수도. 이 친구들은 계약직이다. 가토 씨의 생각대로는 하고 싶지 않았다.

가토 씨와 마주쳤다. 그가 의미심장한 시선을 던졌다. 나는 '네네, 알고 있죠'라는 얼굴을 했다. '그 친구들을 함정에 빠뜨릴 겁니다. 이거, 의외로 재미있네요'라는 얼굴을 했다. 가토 씨는 고개를 끄덕였다. '나도 나름대로 힘든 결정이었어'라는 듯이. 피식 웃음이 터질 뻔했다. 어떻게 저런 쓰레기가.

나는 야마베에게 문자메시지를 보냈다. 미친놈 야마베에게.

어제 '정말로 신견이야?'라는 답장이 왔다. 나는 계속 메시지를 보냈다.

'소송을 걸면 돼', '그녀는 네 것이었으니까', '이대로 물러서는 거, 억울하지 않아?'

야마베에게서 답장이 온 것은 오늘 아침이다.

─너도 알고 있겠지만, 나는 욕망투성이의 쓰레기는 아니다. 그건 그것대로 좋다. 아무도 상처 입지 않았다. 그녀가 그 남자를 선택했다면 그녀는 그런 여자였던 거고, 이제 아무 흥미도 없다. 지금 내가 관심이 있는 것은 인간에 대해서다. 왜 이렇게 그들은 어리석은 것인가. 왜 나처럼 되지 못하는 것인가. 너는 아는가, 이 문제를? 너는 아는가, 이 수수께끼를? 너는 가망이 있어 보이는데, 아무래도 내가 잘못 본 것인가? 답을 주기 바란다.

진짜 머리가 돌아버린 놈이다. 아마 수없이 문장을 고쳐 썼을 것이다. 나는 미소를 지었다. 답장을 보냈다.

─분명 너는 뭔가 특별한 사람이었어. 네가 있어서 그나마

나는 이 사무실에서 버틸 수 있었어. 하지만 이제는 참을 수가 없다. 너 같은 사람이 사표를 내고, 그런 작자는 아직도 자리를 지키고 있다는 것이. 그 여자는 너에게는 부족한 사람이라는 생각에 스스로 물러난 거 아닌가? 너는 그래도 괜찮아? 너의 정의는 그걸로 괜찮은 거야?

야마베는 이 사무실에 다니던 다케시타라는 여직원의 스토커였다. 결코 서로 어울리지 않는, 절망적이라고밖에는 더 말할 도리가 없는 일방통행의 감정이었다. 다케시타는 가토 씨와 불륜 관계를 맺고 있었다. 그건 다들 알고 있었다. 알지 못했던 것은, 아니, 그걸 믿지 않았던 것은 야마베뿐이었다.

—내가 당신들의 룰에 따라 싸우는 것이(당신들, 이라는 내 말투를 용서하라) 옳은 일인지, 그게 고민이다. 나와 그자 중 어느 쪽이 옳은지 심판하는 자들이 그쪽 편의 인간인가? 나는 함정에 빠졌는지도 모른다. 덫이다. 증거를 보여줘. 네가 나와 한편이라는 증거를.

다케시타에게서 스토커 때문에 고민이라는 얘기를 들은 가

토 씨는 재미있어했다. 야마베를 불러내 연애론으로 일장 연
설을 했다. 그렇게 일방적이어서는 안 된다, 시간을 두고 천천
히 접근하라고 충고해 가며 시시덕거렸다. 우월감에 젖어 있
었는지도 모른다. 한번은 내게 "와아, 대단하네. 나, 스토커라
는 거 처음 봤어"라고 말한 적도 있었다.

하지만 야마베는 점차로 그녀의 감정 따위, 상관하지 않게
되었다. 내 것이 되는 게 당연한 일이니까, 그녀는 이상한 생
각에 침식당한 것이니까, 내 것이 된 뒤에 찬찬히 가르쳐나가
면 된다고 말했다. 나는 그냥 내버려 두었다. 아무려나 상관없
는 일이었으니까.

―증거는 단지 내 진심을 알아봐 주는 것밖에 없어. 네가
정해준 장소에서 만나자. 그자에게 소송을 걸자. 일부러 '그
들'의 룰에 올라타고, 거기서 승리하면 통쾌하지 않겠나. 너는
원래 그런 사람이었어. 너는 그녀가 죽는 걸 그냥 보고만 있지
는 않을 거야. 도망치지 않을 거야.

가토 씨가 집무실에 틀어박혀 장난삼아 다케시타를 옷 위
로 애무하는 모습을 야마베는 목격했다. 그는 맹렬한 기세로

가토 씨와 다케시타에게 다가갔다. 마치 이상한 종교에 빠진 피붙이라도 구해내려는 듯이. 그날 야마베가 아직 제 것이 된 것도 아닌데 다케시타를 '마미'라는 친숙한 이름으로 부르짖었을 때, 나는 낯 뜨거운 느낌을 견딜 수가 없었다. 그는 가토 씨의 멱살을 잡아 흔들었고, 빌딩 경비원이 오자 도망쳤다.

—나는 도망치지 않는다. 다만 준비가 필요하다. 나는 항상 그렇게 해왔다. 다시 연락해 달라. 반드시 연락해라. 내가 일을 처리하는 방식을 연구할 것이다. 너, 놀랄 거야.

하지만 야마베는 도망친 그다음 날에는 태연히 사무실에 나와 평소처럼 일을 했다. 난처해진 가토 씨는 다케시타를 일시적으로 휴직 처리했다. 야마베는 나흘 동안 평소와 똑같이 일한 뒤, 돌연 사표를 냈다.

—내가 사무실에 나온 것은 당신들에게 패배한 게 아니라는 걸 보여주기 위해서입니다. 나는 감염되고 싶지 않습니다. 당신들과 함께 있는 것으로, 그……. 궁금하십니까. 하지만 더 이상 말하지 않겠습니다. 쓸데없으니까요. 사직하겠습니다.

가토 씨는 더욱더 입장이 난처해져서 일단 다케시타부터 사직시키고 잘 아는 친구의 법률사무소에 넣어주었다. 그녀와 가토 씨가 아직도 관계를 이어가는지는 알지 못한다.

야마베는 전형적인 스토커였지만 거기서 한 걸음 더 나가버렸다. 전형적이라는 게 샘플로서 아주 보기 좋았는데. 그 본질을 정확히 자신의 말과 행동으로 보여주었으니까.

야마베에게서 온 문자메시지를 보고 나는 다시 미소를 지었다. 가토 씨의 집무실로 갔다. 파일을 품에 안고, 업무상 볼 일로.

"그 업자가 과납금의 지불을 머뭇거리고 있습니다. 그곳이라면 충분히 내줄 수 있을 텐데 말이에요."

"응……."

"어떻게 할까요, 이 액수로는 아무래도 고객이 만족을 못할 텐데요."

가토 씨는 내 이야기를 듣고 있지 않았다. 뭐야, 직원 자르는 얘기가 아니네, 라는 식으로. 나는 가토 씨의 귓가에 얼굴을 바짝 댔다. 그것과는 다른 얘기를 하기 위해서.

"야마베가 소송을 준비하고 있습니다."

"뭐야?"

가토 씨가 놀라서 나를 쳐다보았다. 나는 목소리를 더욱 낮췄다.

"야마베는 가토 씨가 직무상 권력을 악용해 자신과 다케시타 씨를 갈라놓은 뒤에 그녀를 손에 넣고 자신을 해고했다는 식으로 생각하고 있어요."

"어휴, 그 미친놈. 근데 누가 그런 말을 믿어주겠어?"

"하지만 가토 씨와 다케시타 씨 사이의 일은 사실이지요?"

가토 씨가 나를 노려보았다. 이따금 그는 자신도 모르게 남을 노려본다.

"무슨 말을 하고 싶은 건데?"

"이 일은 되도록 겉으로 드러나지 않게 하는 게 좋지 않겠습니까? 직장 내의 불륜이라고 하면 재판에서 이미지도 안 좋고, 소송에 이기더라도 이래저래 소문이 퍼지게 됩니다."

"무슨 말을 하고 싶은 거냐고."

"저는 가토 씨를 비난하려고 이런 말을 하는 게 아닙니다. 사실 그대로 이야기하고 있죠. 이대로는 얘기를 못할 것 같습니다만."

가토 씨가 나를 보았다. 슬쩍 숨을 내뱉는다.

"그렇군. 미안하네."

"아뇨."

"하지만 재판소에서 상대도 안 해줄걸, 그런 미친놈 얘기는."

"가토 씨에게도 적이 있으시지요?"

"응?"

"야마베에게는 일단 인맥이 있습니다. 이 업계에서 몇 년이나 일했으니까요. 가토 씨를 쓰러뜨리고 싶어 하는 법률사무소가 아마 여러 곳 있을 텐데요."

"그야 뭐, 당연히······."

집무실 안이 조용해졌다. 가토 씨가 미간을 잔뜩 찌푸렸다.

"그러니까 야마베가 말하는 부당 해고라는 것보다는 애초에 불륜, 죄송합니다, 이런 단어를 써서······. 애초에 가토 씨와 다케시타 씨의 그 관계를 없었던 것으로 해버리면 모두 야마베의 망상이 됩니다. 그는 미친 사람이니까요."

나는 거기서 입을 다물었다. 그다음부터는 내 의견이라고 생각하지 않게 하기 위해서. 그가 자신의 입으로 말하게 하기 위해서.

"즉 다케시타도, 이 사무실 사람들도, 전원이 애초에 그런 불륜 같은 건 없었다고 말하면 되겠군. 증거 따위는 없으니까.

그러면 야마베는 그냥 생트집을 잡았을 뿐인 미친놈이 되겠지. 하지만 이 사무실의 사람들이 내게 적의를 품고 있다면?"

"아, 그건……."

"해고를 당하면 기즈카와 다카오카도, 그리고 다른 계약직들도 적으로 돌아설 가능성이 있어. 이러쿵저러쿵 증언을 하고 나설 거야. 재판에 들어가면 일이 아주 귀찮아져. 업계에 소문도 퍼질 거고. 재판에는 당연히 이기겠지만 떠들썩한 스캔들이 돼."

머리 회전만은 빠른 것 같다. 역시나.

"이제 어떻게 하면 될까요, 저는."

"흐음, 잠시 생각 좀 해봐야겠어."

나는 가토 씨의 집무실을 나왔다. 가슴팍 호주머니 속의 녹음기를 껐다.

"무슨 얘기를 하셨어요?"

다시 업무를 시작하려는데 기즈카가 웃는 얼굴로 내게 말했다. 상큼한 표정, 센스 있는 옷차림. 그의 연하장은 항상 아이들 사진이었다. 저렇게 되고 싶다, 라고 나는 생각한다. 저런 선량한 인간이 되어보고 싶다고 나는 생각한다. 상대가 불임 치료를 받건 말건, 독신이건 말건, 태연히 자신의 행복을 흩뿌리는 선량한 인간. 그에게 딱히 나쁜 감정이 있는 건 아니다. 그는 아무것도 나쁘지 않다. 다만 행복한 인간은 때때로 난폭하고 지독하다.

"아무것도 아냐."

내가 자리에 앉은 뒤에도 기즈카는 옆으로 다가왔다. 왠지 표정을 살짝 삐딱하게 일그러뜨리고 있었다.

"저기, 이런 말씀 드리기 좀 뭐한데요."

"응?"

"요즘 신견 선배, 좀 피곤하신 거 아닙니까?"

"응?"

"어쩐지 안색이 좋지 않은 거 같아요. 수면은 충분히 취하십니까?"

나도 모르게 웃음이 비어져 나왔다. 그는 정말로 나를 걱정하고 있었다. 한잔하자는 제안을 번번이 거절하는 나를. 언제부터 나는 그의 편에서 떨어져 나왔을까. 어째서 그렇게는 살지 못하는 것일까.

"걱정할 거 없어. 그냥 좀······."

우리의 대화에 이치이까지 다가오자 왜 그런지 문득 심장의 두근거림이 빨라졌다. 두 사람과 나의 거리가 지나치게 가까운 것 같았다. 나는 압박감을 느꼈다. 왜 이럴까. 이런 정도의 일에.

"좀 떨어져줄래?"

나도 모르게 그렇게 말했다. 말한 뒤에 나 스스로도 놀랐다. 두통이 몰려왔다. 옥죄듯이.

"예?"

뜨악한 반응을 보인 건 기즈카일까 이치이일까. 나는 이 자리를 어물쩍 넘기지 않으면 안 된다.

"아니, 너희들 너무 바짝 붙었잖아, 무섭다고."

나는 웃었다. 그들도 안도해서 웃는다. 웃음은 좋다. 나 자신을 어물쩍 넘어가게 해준다.

벌써 몇 년 전부터 내 말은 대부분 무언가에 대한 변명 같은 것이 되었다.

13

"근데 말이야, 도무지 모르겠어. 어째서 당신이?"

간자키 가오루가 쉴 새 없이 담배를 피우고 있다. 다른 손님이 없는 카페. 히오키 사건을 조사해 책으로 출간하려다가 결국 내지 못한 프리라이터. 쉰 살쯤 되었을까. 머리가 하얗고 군살이 약간 붙어 있다.

"이상하다는 건 압니다. 그래서 사례비도 드릴 거고……."

"그걸 모르겠다는 거야. 왜 사례비까지 주겠다는 건지."

나는 애매한 웃음을 지었다. 간자키는 때때로 입술 오른쪽 끝을 쭉 잡아당기는 것처럼 일그러뜨렸다. 틱 증상이다. 표정도 거의 변화가 없었다.

"나한테 별다른 정보가 없을지도 모르잖아. 종이학 사건. 당신이 메일로 보내준 것 이외의 정보를 내가 말해주면 되긴 하겠지만……. 당신, 흡족하지 않을 수도 있어. 하지만 뭐, 나도 일부러 여기까지 나오기는 했으니까."

"걱정하실 거 없어요, 결과가 어떻든 사례는 하겠습니다."

"아니, 그런 얘기를 하자는 게 아니고."

간자키가 다시 일그러뜨린다, 입술 오른쪽 끝. 나는 시선을 돌려버렸다.

"나도 뭐, 이래저래 바쁜 사람이라서 지금 바로 시작하겠지만……. 나는 그들을 단순한 피해자로 보고 싶지 않았던 것뿐이야. 뭔가 그들을 노릴 만한 요인이 있었던 게 아닌가 하고 생각했어. 당연하지만 조준은 아내 유리에게로 향했어. 그런 미인은 별로 없으니까 말이야……. 현장 사진을 봤나?"

"네."

"굉장해, 그거. 몇 번을 봐도 질리지를 않아. 이제는 그 사건 따위는 추적하지 않지만 그 사진만은 갖고 있어. 피해자 사진이 마음에 들다니, 좀 이상하지?"

간자키가 피식 웃었다. 입술을 파르르 떨면서. 끝난 인간,

이라고 나는 문득 생각했다. 최근 며칠 사이에 이런 인간을 사토 변호사에 이어 벌써 두 명째 만나고 있다. 나는 다시 눈을 돌리고 싶어졌다.

"근데 말이야, 당신. 오른쪽 눈에 뭔가 문제가 있나?"

"예?"

"아니, 아까부터 손끝으로 눈꺼풀 끝을 당기듯이 자꾸 만져서 말이야."

간자키와 눈이 마주쳤다. 심장의 두근거림이 흐트러진다. 내가? 오른쪽 눈을?

"그거, 틱이지? 하하하. 어째 나까지 안절부절못하겠네."

나는 멍하니 간자키를 보았다.

"내가 아내 유리의 실체를 샅샅이 조사해 봤는데, 이게 진짜 기분 나쁠 정도로 아무것도 없더라고. 아니, 그보다 전업주부라서 사람들과 어울릴 기회가 별로 없어서 정보가 부족했던 거야. 근데……."

나는 동요한 채로 간자키의 얘기를 들었다. 내가 틱이라고?

"남편 다케시 쪽에는 문제가 있었어. 그는 매일같이 직장에서 정시 퇴근해서 집에 돌아왔어. 공무원이라서 가능한 일이긴 했지만 아무리 그래도 날이면 날마다 그러는 건 대단한 거 아냐? 하루에 세 번, 집에 전화를 하는 거야. 그걸 아내 유리가 받았어. 그게 무슨 뜻인지 알겠나?"

"집에 있는지 없는지 확인?"

"그렇지. 이를테면 나는 아내 유리가 한 번이라도 바람을 피웠을지 모른다고 생각했어. 그만큼 미인이잖아. 분명하게 말해서 히오키 다케시라는 남자에게는 너무 과분한 여자였어. 그래서 남편이 더 이상 바람을 못 피우게 속박하기 시작했다……. 자아, 그렇다면 분명 상대가 있었겠지. 아내 유리의."

"히오키 다케시는 아내 유리의 자전거를 부숴버렸지요?"

"맞아. 자전거를 부숴버리면 아내가 멀리 가지 못할 거라고 생각했을 가능성이 있어. 뭐랄까, 심리적인 문제로서 말이지. 지하철이나 택시를 이용할 수도 있는데 그런 짓을 한 거야. 즉 남편은 약간 머리가 이상해졌던 거야. 그 증거로, 그는 통원 치료를 받으라는 권고를 받았어. 정신과에서."

"예?"

"아들하고 함께. 우선 먼저 통원 치료를 받은 건 아들이야. 이유는 모르겠어. 하지만 대부분 아이들이 잘못되는 원인은 부모에게 있는 법이야. 그러니까 부모의 통원 치료를 의사 측에서 권했지. 하지만 히오키 다케시는 결국 병원에 가지 않았어. 사망해 버렸으니까."

나는 오른쪽 눈을 만지려는 나 자신을 깨닫고 손을 멈췄다. 하지만 어떻든 상관없다는 생각이 들어 오른쪽 눈 끝을 꾹 눌러서 당겼다. 조금 침착해지는 나 자신이 느껴졌다. 어찌됐건 상관없다.

"딸아이의 옷에 아들의 정액이⋯⋯."

"응, 그랬지. 하지만 딸이 성적으로 뭔가 피해를 당한 흔적은 없었어. 아들이 당시 열다섯 살이었잖아. 성적으로 혼란스러운 시기야. 사건 당시에 딸이 입고 있었던 옷도 아니고. 여자 옷이라면 뭐든 좋았던 거 아니겠어? 뭐, 이상한 일이긴 하지만⋯⋯."

간자키가 계속 담배를 피우고 있다.

"즉 아버지의 상궤를 벗어난 속박 때문에 가족이 서서히 일그러진 거야. 부모 사이의 긴장은 그대로 아이들에게 쏟아지지. 그리고 아들이 불안정해졌어. 딸아이의 내면에도 어떤 식으로든 동요가 있었을 거고. 즉 아들의 불안정은 아버지가 이상해진 증거라고 봐도 좋아."

"그렇다면 범인은⋯⋯."

"응, 아내 유리의 숨겨둔 남자였을 거야. 그가 히오키의 집에 몰래 숨어든 거야. 그리고 가족을 죽이고, 유리만은 추억으로랄까, 자신 속에 완전히 보관해 두기 위해 전라로 만들고 종이학으로 꾸민 다음에 사진을 몇 장이나 찍어 갔다……. 어때? 상식을 벗어난 그런 놈이었던 게 아닌가 싶어. 그리고 딸아이도 죽이려고 했어.

"예?"

"하지만……. 사건 당시의 딸아이 사진은 봤나? 무서울 만큼 아름다워. 아직 어린아이인데도 한 번 쳐다보기만 해도 불안해질 정도야. 롤리타콤플렉스가 아니더라도 저절로 쳐다보게 될 정도로……. 범인은 딸아이를 살해하려다가 멈췄어. 그리고 깨달았지. 이 사건을 밀실사건으로 만들기 위해 딸아이를 협박해 자신이 나간 뒤에 문을 잠그게 한다. 그렇게 하면 일가족 자살로 위장할 수 있을지도 모른다……. 피해자를 구타했을 때 자신의 피부 조각이 남았으리라고는 미처 생각하지 못한 거야."

분명 그런 거라면 사나에의 말과 앞뒤가 맞아떨어진다. 그녀는 범인을 봤다고 말했었다.

"하지만 그런 협박에 순순히 응했을까요?"

"간단해. 내가 나가면 문을 잠가라, 안 그러면 또 다시 들어

오겠다고 말하면 되거든. 굳이 협박하지 않더라도 우선 문부

터 잠그지 않겠어? 무서워서라도.”

“하지만 그런 거라면 왜 딸아이는 그걸 경찰에 말하지 않았

을까요?”

“협박을 받았겠지. 최면에 가까울 정도로, 공포가 몸속에 배

어버릴 정도로, 철저하게……. 그런 사례는 지금까지도 몇 번

본 적이 있어. 근데 말이지…….”

간자키는 거기서 문득 입을 다물었다. 몇 번이고 입술을 일

그러뜨렸다.

“이 사건이 왜 미궁 사건인지, 지금부터 내가 하는 얘기를

들어보면 알 거야.”

간자키가 나를 보며 말했다.

“분명히 말해서, 지금 내가 얘기한 그런 추리 혹은 그 비슷

한 추리 이외에 다른 건 생각할 수도 없어, 이 사건은……. 근

데 말이야. 그런데도 이게, 들어온 흔적이 전혀 없어. 범인이

들어온 흔적이, 어디에도……. 실은 그 집에는 사람이 드나들

수 있는 모든 장소에 방범카메라가 설치되어 있었어. 현관, 뒷

문, 작은 마당으로 통하는 유리문, 부부 침실의 창문에까지 모

조리. 그 밖의 다른 창문들은 모두 방범창이었어. 창문 바깥쪽

에 쇠창살로 된 철조망이 쳐져 있어서 그걸 절단하지 않고서는 들어올 수 없었어. 물론 그걸 잘라낸 흔적은 없었어."

"그건 무슨 말이죠?"

"그러니까 그게, 그렇단 얘기야. 히오키 다케시의 이상하다고 할 수밖에 없는 속박이 방범카메라를 설치하는 데까지 이르러 있었다고. 물론 겉으로는 방범용이라고 했지만, 실제로는 아내를 감시하기 위해 설치한 게 틀림없어. 카메라 숫자가 지나치게 많았거든. 그건 언제 어느 때 아내가 밖에 나갔는지 기록하기 위한 거야……. 모든 카메라에서 테이프를 회수했기 때문에 경찰에서는 처음에 아주 반색을 했던 모양이야. 사건이 틀림없이 해결될 거라고 말이지. 하지만 결과는 그 반대였어. 점점 더 뭐가 뭔지 알 수 없게 되었을 뿐이지. 거기에 찍힌 것은 낮에 현관문을 지나 장을 보러 가는 아내 유리의 모습. 그리고 30분 뒤에 돌아오는 유리의 영상. 딸아이가 오후에 학교에서 돌아와 현관문으로 들어오는 모습과 아들이 돌아오는 모습……. 찍힌 건 그것뿐이었어. 침입자가 찍히지 않은 것뿐만이 아니야. 알겠나? 잘 들으라고. **히오키 다케시의 모습도 카메라에 잡히지 않았어.** 사건이 일어난 그날, 범행 시각인 심야 시간대까지 모두 포함해서 다른 가족이 드나드는 모습은 찍혀 있는데 히오키 다케시만은 어떤 카메라에도 찍히지 않은 거야. 히오키 다케시가 직장에 신고 갔을 터인 구두도 발견되지 않았고. 그러니까 히오키 다케시는 외부에서 살해되었을 거라고. 하지만 그런데도 그 집에 히오키 다케시의 사체가 있었어."

간자키가 나를 보았다.

"마치 히오키 다케시 따위는 애초부터 없었던 것처럼."

"예?"

"그의 사체가 있었다는 발표 자체가 거짓말이었던 것처럼."

"하지만 그럴 리는 없……."

"맞아, 그럴 리는 없지……. 미안해, 그 얘기만 나오면 항상 묘한 방향으로 흘러가 버려."

간자키는 그렇게 말하고 관자놀이 근처를 손끝으로 꾸욱 눌렀다. 가벼운 두통에 시달리는지도 모른다.

"하지만 왜 그 정보는 발표되지 않았죠?"

"경찰에서도 히오키 다케시가 가족을 속박한 정보는 잡았어. 그래서 방범카메라를 설치한 이유도 잘 알고 있었지. 하지만 피해자의 기묘한 행동을 언론에 흘린다는 건 아무래도 망설여졌을 거야. 게다가 범인에게 카메라에 찍히지 않았다는 사실을 공표할 수는 없지. 정보를 감추는 건 경찰에서 흔히 쓰는 수법이야. 히오키 다케시에 관한 정보를 유출시키지 않은 건 공연히 혼란스럽게 만들지 않으려는 이유 때문이었어."

"화장실 창문은……."

"그래, 당시에 그 문제를 얘기하는 사람들이 많았지. 그 창문으로 들어왔을 거라고 말이지. 하지만 그 창문은 레버로 열고 잠그는 방식이라서 실제로 보면 알 테지만, 그 틈새로는 어린애도 드나들 수 없어. 비스듬한 각도로 달려 있거든. 드나든다고 한다면 기묘하게 몸이 가느다란 놈이거나 갓난아기뿐이야. 하지만 갓난아기가 뭘 할 수 있겠나?"

주변이 조용해졌다. 나는 아무 말도 할 수 없었다.

"즉 아무도 들어오지 않은 거야. 그런데도 침입자의 흔적이 있어. 구타할 때에 범인이 남긴 그 피부 조각. 게다가 귀가하지 않은 것으로 보인 다케시의 사체까지 그곳에 있었어. 다케시의 구두도 발견되지 않았는데……. 알겠어? **그래서 종이학 사건은 미궁에 빠진 거야.**"

간자키와 눈이 마주쳤다. 그는 다시 입술을 일그러뜨리고 있었다. 아마 나도 몇 번이나 오른쪽 눈 끝을 만졌을 것이다.

"이를테면 A를 해결하면 B라는 문제가 터져. B를 해결하면

C라는 문제가 터지고. C를 해결하면 D라는 문제가 튀어나와. 하지만 D를 해결하면 다른 해결들이 잘못되었다는 걸 알게 돼……. 미궁에 빠진 사건이란 그런 거야."

그녀의 눈빛이 떠올랐다. 나도 모르게 빨려 들었던 침대에서의 그녀의 눈빛. 목구멍까지 뭔가가 치밀어 올랐다.

"그밖에는?"

"아직도 궁금해? 당신, 호기심이 많은 사람이네."

어느새 카페 안이 붐비고 있었다. 얼굴도 희미한 손님들의 목소리가 돌연 한 덩어리로 뭉쳐진 것처럼 들려왔다.

"그 사건이 일어난 무렵, 동네에서 빈집털이 사건이 자주 일어났어. 하지만 수법이 너무 달라. 주인에게 발각되면 위협해서 밧줄로 묶어두는 전형적인 것이었으니까. 그리고 이른바 '묻지 마' 사건도 몇 건 있었어. 하지만 그것도 수법이 달라. 지나가는 사람을 느닷없이 망치로 내려치고 도망가는 놈이었으니까. 교통사고도 평소보다 많았던 것 같고……. 생각해 보면 그 동네가 그 시기에 좀 시끄러웠어. 사람을 미치게 하는 불안정한 정체停滯가 동네를 뒤덮고 있었다고 할까. 그래서 그런 사건이 터졌겠지."

간자키가 지쳐버린 듯 허탈한 표정을 보였다.

"그리고 그 딸아이……. 지금은 어떻게 되었을까, 그런 아름다움은 대부분 나이와 함께 사라지는 법이지만……. 그 아이, 아까 말한 낯선 남자에게 주스병을 받고 아주 좋아했다던데."

"좋아했다고요?"

"주스를 나눠주던 남자는 이미 학교에도 소문이 났었기 때문에 다른 아이들은 그냥 거절하기가 무서워서 받아갔을 뿐이야. 하지만 그 딸아이는…… 마치 남에게서 뭔가를 받아본 게 처음인 것처럼 좋아하면서 냉큼 받아갔다는 거야."

14

해바라기 그림이 있었다.

고흐의 일그러진 노란색 해바라기. 하지만 나는 그것을 왠지 R이라고 생각했다. 무척 반가워하면서.

—오랜만이야.

"응."

해바라기의 말에 나는 고개를 끄덕였다.

—아무래도 컨디션이 최악인 것 같군.

해바라기 그림은 움직이지 않았다. 그저 벽에 걸려 있었다. 나는 입을 열었다.

"가끔 그런 생각을 해. 너와 내가 종이학 사건의 범인이었다면 재미있을 텐데 하고. 우리가 어떤 기묘한 층層을 슬쩍 빠져나와 그 집에 들어가 그런 범행을 저질렀다면. 그리고 네가 모든 문을 다 잠그고 화장실 창문으로 나온 거라면……. 우리는 최고의 듀엣이니까."

―너, 이상해졌다?

"응."

―존재하지도 않는 나를 꿈에 불러내서 대화까지 하다니. 머릿속이 완전히 픽션이구나.

"뭐, 어때? 그래도 괜찮잖아."

나는 슬쩍 웃었다.

"뭔가 재미있는 거 해보자. 나는 생각나지 않으니까 네가 충고 좀 해줘. 네가 하라는 대로 할게. 어렸을 때처럼."

해바라기 그림에는 아무 변화도 없었다.

―그러고서 내 탓으로 돌리려고? 있잖아, 체포된 범인들이 곧잘 살인을 지시하는 목소리가 들렸다, 하고 둘러대지? 그런 거야? 너, 결국 그런 놈이 되어버렸어?

"뭐, 어때? 그래도 괜찮잖아. 네가 내 안으로 돌아오기만 하면 돼."

―너, 착각하고 있어.

해바라기가 입을 다물었다. 그리고 다시 주절거리기 시작했다.

―이번에는 네 차례란 말이야. 나는 너라는 존재를 내 안에서 몰아내고, 이 세계에서 살아갈 거야. 너는 신견이니까 S라고 이름을 붙이기로 하자. S는 내 음울함을 모조리 짊어지고 진흙탕 속에 묻히는 거야. 지금 네가 있는 곳은 그때 내가 있었던 곳이야.

방의 온도가 따스해진다. 썰렁하다고 생각했었는데.

"그런가? 그럼 어쩔 수 없네. 지금까지 고마웠어."

―그걸로 좋아?

"응. 하지만 나를 몰아내도 그곳에는 아무것도 없어. 피곤해질 뿐이야."

―하하하하.

해바라기가 웃었다. 아니, 웃은 것처럼 보였다.

―이제 그만 좀 할래? 나는 존재하지 않는다고. 일일이 불러내지 말아줘. 너는 지금 스트레스 때문에 잠시 유아로 돌아갔을 뿐이야. 내친 김에 알려주지. 너에 대해서.

해바라기 그림에 변화는 없었다.

—너는 이미 글러먹었어. 알고 있지? 너의 내면이 엉망진 창이라는 거.

　잠이 깼다. 내가 꾼 꿈이지만 참으로 비참한 꿈이었다. 땀을 흘리고 있었다. 나는 창피해졌다.

　그녀가 내 머리를 쓰다듬고 있었다. 아마도 가위눌린 나를. 반려동물이라도 쓰다듬듯이.

　"당신 얘기를 해줘."

　그녀가 말했다. 나는 고개를 가로젓는다.

　"안 돼. 비참해질 뿐이야."

　방은 깨끗이 치워져 있었다. 그녀가 마신 엄청난 알코올, 그 빈 캔 더미 이외에는.

　"어째서?"

　"아니, 비참하잖아. 인간의 내면이란 거, 모두 다."

　나는 작게 숨을 들이쉬었다.

　"이를테면 지금 내가 그럴싸하게 얘기하는 건 가능해. 개그를 섞거나 삐딱한 척하거나 색깔을 뒤집어씌우거나⋯⋯. 멋쩍은 척하는 것으로 감추듯이. 하지만 그런 얘기에는 질렸어. 이제 질려버렸어."

그녀는 침묵하고 있었다. 나는 다시 입을 열었다.

"그러니까 비참한 얘기가 될 거야. 아무런 덮개도 없는, 노골적으로 다 드러내는…….."

"그게 좋아. 내 내면도 비참하니까."

나는 피식 웃었다.

"옛날에 나는 음울한 어린애였어. 인간을 잡아먹었다, 라고 진짜 믿어버리기도 하고, 주위 사람들이 모조리 적인 것 같아서 한없이 어딘가로 도망치려고도 하고. 성性에 눈뜨는 것도 빨랐어. 혼란스러웠어. 어떻게도 해볼 수 없을 만큼."

그녀가 고개를 끄덕였다.

"어느새 나와는 다른 존재가 내 내면에 존재하게 됐어. 어린 나는 그것에 R이라는 이름을 붙였어. 주위의 어느 누구에게도 기댈 수 없는 아이는 가공의 존재를 만들어내지. 그건 지금 생각해 보면, 범죄를 저지르는 소년의 내면과 비슷했어……. 히오키 사건은 말이지, 내게는 상징적인 사건이었어. 유족인 너에게 이런 말을 하는 건 잘못이겠지만, 어렸을 때, 내가 하고 싶었던 일이었어. 내 가족에 대해서. 가족이라고 불리는 것에 대해서. 세계에 대해서."

그녀는 아무런 반응도 없었다.

"하지만 나이를 먹으면서 R은 사라졌어. 그런 존재를 중학생 때까지 끌고 들어갔다면 아마 큰일이 났을 거야. 하지만 내 경우, 다행히 사라졌어. 그다음부터는 모두 흉내야. 주위의 흉내. 우리는, 꿈을 가져라, 라는 말을 계속 들으면서 커온 세대잖아? 뭔가가 되어라, 라는 식으로. 존재의 희박함을 특별한 뭔가가 되는 것으로 해소하려고 했지. 실은 음악을 했었어. 뮤지션이 되려고 했어."

"와아."

그녀가 미소를 지었다. 왜 그런지 다정하게.

"하지만 커트 코베인이나 노엘 갤러거 같은 곡은 만들어낼 수 없어. 기타를 쳤었는데, 스티브 바이처럼은 도저히 칠 수 없어. 그러니 포기할 수밖에. 그러고는 거품경제가 이러쿵저러쿵하면서 이 나라가 돌연 불경기에 빠진 다음부터는 안정된 생활을 목표로 달려야 한다는 말을 듣게 되었어. 사회에 여유가 없어졌으니까. 그 뒤에 나온 구호는, 뻔한 귀결이지만, 일상을 사랑하라는 거야. 특별한 존재가 되지 않더라도 이 소소한 일상을 사랑하라는 거. 주위를 흉내 내면서. 어떤 이데올로기 속에든 들어가서 이 세계에 존재할 자격을 구비하고 싶었던 나는 혼란에 빠지게 됐어. 일상을 사랑하라고? 그건 너무 어렵잖아."

나는 다시 피식 웃었다.

"하지만 결국 깨달았어. 나에게는 아무것도 하고 싶은 게 없다는 거. 내 안의 불안이라든가 우울을 뭔가로 메우려고 했던 것뿐이야. 변호사가 되려고 한 것도, 현실적인 노선이었고 그걸로 우쭐해질 수 있다고 생각했기 때문이야. 나는 변호사다, 라는 식으로. 하지만 전혀 흥미가 없어져 버렸어. 위로 치고 올라가서, 그래서 뭐가 어떻게 되지? 부자가 되는 거? 우월감? 하지만 그 우월감에서 표면적인 행복을 느낀다고 해도, 그건 말하자면 자신의 행복에 타인의 지위를 전제로 하는 거잖아? 그러니까, 뭐, 결국 내가 문제인 거야."

그녀의 눈빛이 멍해졌다. 술에 취해 있었다. 내 얘기를 듣고 있지 않았다.

"그리고 더 비참한 것은 성욕만은 있다는 거야. 사정과 사정 사이에 나 자신의 인생이 있는 것처럼. 하지만 실제로 여자와 트러블이 생길 때의 번거로움을 생각하면 집에서 나 혼자 포르노나 보는 게 훨씬 더 편해. 나는 아무래도 진지하게 누군가를 사랑할 수 없는 모양이야. 사람을 사랑하고 있다고 착각하는 것조차. 하지만 그러면서도 죄책감만은 있어……. 거봐,

너무 비참하지, 나의 내면……. 그래서 이래저래 깨달았어. 이
건 고민할 만한 문제가 아니야. 불만이나 불평을 떠안고 그냥
그렇게 살아가는 게 인생이라고 깨달은 거야. 하지만 난처하
게도 몸이 지쳐가고 있어. 지독히. 그러다 보면 옛날의 나 자
신이 겉으로 튀어나오려고 해. 사회에 적응하기 전의 맨살의
나 자신이."

나는 그녀를 보았다.

"대지진이 났을 때, 실은 기시감이 있었어. 땅이 흔들리고,
놀라서 숨을 죽인 채 상황을 살피고, 하지만 그때의 흔들림
은 가라앉는 일 없이 상상을 뛰어넘어 마치 물결치듯이 더욱
더 심해져갔지. 내가 사는 원룸이, 옆집이, 가로세로로 날뛰듯
이 흔들렸어. 진짜로 무너지는 줄 알았어. 건물이 모조리 쓰
러지고, 모조리 물결치고, 나는 죽는구나 하고. 익숙하게 봐
왔던 풍경이 돌연 낯설게 생각되었어. 풍경이 한순간에 변해
버린 거야. 내 목숨 따위 눈곱만큼도 배려해 주지 않는 너무
도 흉포하고 잔혹한 것으로 말이야. 너무도 불가해하고 부조
리한……. 그 순간에 옛날 일이 떠올랐어. 아직 말도 못하던,
두 다리로 겨우 일어설 정도로 어릴 때 일이야. 눈을 감아, 라
고 어머니가 다정하게 말해서 얌전히 눈을 감았지. 하지만 이

상한 예감이 스쳐서 눈을 떴더니 나만 혼자 남겨져 있었어. 그때 나는 공원에 있었는데, 그곳은 아직 어린 나에게는 너무도 넓은 공간이어서 눈을 감기 전과 똑같은 공원인데도 전혀 낯설게 보였어……. 어린 마음에도 내가 버려졌고 이 넓은 세계 속에 마구잡이로 내동댕이쳐졌다고 깨달았던 것 같아. 미끄럼틀의 커브가, 정글짐의 파란색이, 넓게 펼쳐진 땅이, 나무들의 푸르름이, 모조리 무관심하게, 오히려 적의를 품고 덤벼드는 것 같았어. 그 무렵의 나는 그런 어린아이를 위한 복지시설이 있다는 것 따위, 알지 못했어. 주위에 친척도 없었고. 나는 완전히 혼자서 이 잔혹하고 넓디넓은 세계 속에서 살아가지 않으면 안 된다고 생각했어. 주위의 풍경 모두가 나에게 이 세계에서 살아갈 수 있겠느냐고 묻는 것 같았어. 내 약한 생명력 자체를, 내 의식을, 통과하며 냉혹하게 시험하는 것 같았어. 나는 점점 제대로 서 있을 수도 없게 됐어. 견딜 수가 없었어, 그 광대한 풍경의 무서움을. 기계적이고 부조리한, 그 지나치게 높은 풍경의 무서움을……. 의식을 잃어서 다행이었다, 라고 지금은 생각하지. 그러지 않았더라면 그 풍경을 도저히 견딜 수 없었을 거야."

나는 조용히 숨을 들이쉬었다.

"대지진은 나의 무력함을 다시 떠올리게 했어. 돈을 벌고 먹을 것을 사들이고 스스로 살아간다는 건 그저 내 착각이었을 뿐이고, 이 세계의 참모습은 잔혹하고 우발적이고 무관심한 것이었어. 자연이나 풍경은 결코 사랑할 것 따위가 아니고, 우리의 생명을 눈 하나 깜짝하지 않고 쉽게 파괴해 버리는 것이었어. 우리의 풍경은, 우리 마음의 준비 따위 아랑곳하지 않고 단 한순간에, 언제든지 한순간에 모조리 다른 것으로 변용하는 거야……. 이번 대지진은 내 안에 그 무렵의 무력한 나 자신이 있다는 것을 다시 인식하게 했어. 결국 나는 그 시절에서 거의 변하지 않았어. 그 뒤 아버지 쪽에서 나를 거둬주었고, 아마도 그때부터 나는 R이라는 강자를 만들어냈을 거야……. 대지진 후에 이 나라는 어떻게든 건강해지려고 움직이기 시작했지만, 도저히까지는 아니어도, 나는 긍정적이 될 수 없어. 내게 남은 건 대미지야. 내가 받은 대미지와, 수많은 인간의 목숨을 잃게 한 흔들림과 똑같은 흔들림으로 나 자신의 존재가 뒤흔들린 데 대한 대미지. 이 세계에는 견디는 것밖에는 아무것도 할 수 없는 현상이 역시 존재한다는 것을 새삼 깨닫게 해준 대미지……. 대지진 전부터 이미 느꼈던 것이지만, 사회에 적응하기 전 맨살의 나 자신이 그런 다양한 인생의 대미지까지도 이용해 불쑥 커버린 것처럼……. 나는 히오키 사건에 푹 빠져버렸어. 마치 원점으로 돌아간 것처럼. 결국은 돌아가는 것처럼. 처음에는 괜찮은 도피처가 생겼다고 생각했는데, 아무래도 도피가 아닌 것 같아."

"그 사건의, 뭘 알고 싶은데?"

그녀가 갑자기 입을 열었다. 멍한 눈빛 그대로.

"실은 그걸 모르겠어. 하지만 나는 그 사건에 이상하게 반응하고 있어……. 괜히 뭔가에 휘말리는 게 아닌가 하고 생각한 적도 있어. 하지만 그런 거라면 그것도 좋아. 휘말린 끝에 뭐가 튀어나올지는 모르겠지만."

그녀가 돌연 웃음을 터뜨렸다. 그리고 자신도 모르게 입을 딱 다물듯이 나를 보았다. 나는 흠칫 놀랐고, 그런 내가 창피해졌다. 정체를 알 수 없는 분노를 느꼈지만, 그녀가 일부러 웃었다는 것을 깨달았다. 그녀는 비통한 눈빛을 하고 있었다. 자신도 모르게 웃어버린 것을 후회하는 눈빛이 아니라, 일부러 그렇게 해버린 자기 자신에 대해서 후회하는 눈빛. 나는 그녀를 멀뚱히 쳐다보았다.

"너는……."

나는 그녀를 계속 보았다.

"너는, 내게서 뭘 원하지?"

그녀가 다시 웃었다. 그렇게 일부러 웃는 것을 멈출 수가 없다는 듯이.

"미안해. 당신을 비웃은 건 아니야."

"너는……."

"미안해. 용서해 줘."

그녀는 일부러 겁에 질린 눈빛으로 주춤 물러섰다. 마치 내가 분노로 부르르 떨고 있다는 듯이. 분노로 부르르 떨어주었으면 하듯이.

나는 그녀에게로 다가갔다. 그녀가 그렇게 해주기를 원하니까. 그녀를 난폭하게 끌어안았다. 그녀는 싫다고 하면서도 몸에 힘을 주지 않았다. 조금도 싫어하지 않았다.

이건 게임일까. 게임이라면 왜 그녀는 이토록 비통한 눈빛을 하고, 이토록 절실한 것일까. 이제 나는 어떻게 해야 좋을지 알지 못한다. 평범한 인간인 나는 섹스밖에는 머릿속에 떠오르는 게 없었다. 하지만 그녀의 요구에 답할 수 없었다. 팔이라도 꽁꽁 묶어버리면 되는 건가. 목이라도 졸라주면?

움직이는 내 몸 밑에서 그녀가 갑작스럽게 울었다. 그 소리가 어린아이처럼 천진해서 오싹했다. 그녀의 목소리도, 얼굴도, 추하게 땀에 젖은 몸도 선명해져 갔다. 시야가 좁아졌다.

"당신에게 살해되면, 내 죄는 사라져."

"뭐?"

하지만 그녀는 더 이상 말하지 않았다. 울면서 신음하며 내게 매달렸다. 어린아이처럼. 나는 그녀의 목에 손을 댄다. 그녀가 나를 보았다. 용서를 청하듯이, 하지만 애원하듯이. 몇 초 동안 눈빛이 계속 마주쳤다. 하지만 먼저 눈을 돌린 건 나였다. 나는 그녀의 목에서 손을 뗐다.

15

택시를 탔다. 뒷좌석에는 탐정, 그 옆은 형사.

프리라이터 간자키 가오루에게서 종이학 사건의 아들이 통원 치료를 받았던 병원 이름을 알아냈다. 하지만 그 병원은 이미 없어졌고, 당시 원장이던 가이에다의 소재도 알 수 없었다.

탐정에게 부탁하면 금세 알아낼 거라고 생각하던 참에, 예전에 사토 변호사가 보내준 정신과 홈페이지의 원장 이름이 가이에다라는 게 기억났다.

사토 변호사는 뭔가 알고 있는 걸까. 그게 아니면 히오키 사건의 관계자 한 사람을 단순히 알려준 것뿐인가. 나 혼자 찾아

145

가 히오키 사건 아들의 진료기록을 보여달라고 해봤자 아무 소용이 없을 것 같아서 탐정에게 부탁했다. 전직 형사라면 현역 중에 아는 사람이 있을 터였다. 수사 형식을 취하는 게 가능하다면 참고인 조사도 할 수 있을 거라고 생각했다. 탐정은 내가 건네준 가토 변호사의 명함을 들고 가기로 했다. 또 다른 사건의 범인이 히오키 사건과도 관련되었을 가능성이 있어서 그것을 수사하러 온 형사, 예전에 히오키 사건을 담당한 적이 있는 변호사. 그리고 나는 변호사의 조수.

"모처럼의 휴일이었는데."

젊은 형사가 몇 번이나 투덜거렸다.

"아무 관계도 없는 이런 사건에……."

"그래서 굳이 관여할 거 없다고 했잖아. 병원에서 경찰수첩만 슬쩍 보여주면 된다니까."

탐정이 그렇게 말하며 웃었다. 그가 형사를 그만둔 것은 비교적 최근인지도 모른다.

"하지만 당신이 이렇게 쉽게 받아들여 줄 거라고는 생각도 못했어요."

내 말에 탐정이 다시 피식 웃었다.

"답례야. 게다가 뭐, 나도 궁금했거든."

새삼 탐정을 찬찬히 보았다. 눈이 가늘고 코도 가늘고, 특징 없는 얼굴 생김새다. 오늘은 새 양복을 입고 있었다. 누군가 어떤 말을 하면 웃기도 하고 무슨 일을 당하면 화를 내기도 하겠지만, 왠지 뭘 해도 그가 진실한 감정을 드러내는 일은 없을 것 같았다. 사십대일까. 어쩌면 오십대인지도 모른다. 가슴팍에는 변호사 배지. 누구에게 빌린 걸까.

"여깁니다."

택시에서 내렸다. 오래된 복합빌딩의 2층.

"예상했던 것과는 병원 이미지가 전혀 다른데요?"

젊은 형사가 말했다.

"1층이 매춘업소예요."

3층은 피트니스 클럽. 같은 부지의 위아래 층에 전혀 다른 공간의 세계가 있다는 것을 새삼 깨닫는다. 이 나라 복합빌딩의 구조. 지하에 서민금고만 있다면 완벽할 텐데, 라고 나는 생각했다. 지하에서 돈을 빌리고, 1층으로 올라가 몸을 팔아서 그 돈을 갚고, 그 상처를 2층의 정신과에서 치유하고, 다시 건강해져서 3층에서 땀을 흘리며 운동을 한다. 4층은 뭘까.

지저분한 계단을 올라가 병원 문을 열었다. 실내는 청결했다. 하얀 타일 바닥에 수많은 화분의 초록빛. 접수처의 나이

든 여자가 웃음을 던졌다. 괜찮아요, 괜찮아, 라고 말하는 듯
한 웃음. 이젠 괜찮아요, 괜찮아. 어렸을 때, 나를 치유해 주려
고 했던 그 의사가 생각났다. 다시 돌아왔습니다, 라고 중얼거
릴 뻔했다. 젊은 형사가 입을 열었다.

"어제 전화로 연락드린 이시노입니다. 원장 선생님은?"

"네, 잠시만 기다리세요."

원장 의사가 나온다. 예순 살 정도의 어깨 폭이 좁은 남자.
안경을 쓰고 있었다. 그는 한순간 나를 보더니 젊은 형사에게
로 시선을 돌렸다. 영매사가 저도 모르게 유령이라도 발견한
것처럼. 인사를 하고 명함을 교환했다.

"그나저나 왜 피해자에 대한 것을?"

의사가 느릿느릿 말했다. 미소를 짓고 있었다.

"전화로도 말씀드렸지만, 이번에 제가 맡은 사건의 용의자
가 히오키 사건과 관련되었을 가능성이 있어서요. 수사본부의
방침에 따라 히오키 사건을 다시 조사하기로 했습니다. 피해
자에 대한 조사는 그리 중요한 건 아니고 확인 차, 즉 형식적
인 절차예요."

형사는 그럴싸하게 해내고 있었다. 어설프게 해서 들통나는
것보다는 낫다고 생각했는지도 모른다.

"그럼 여기는 비좁으니 진료실로."

의사에게 의심하는 기색은 없었다. 어떻게 되건 상관없는 일인지도 모른다.

"내가 하는 일은 사람들의 받침 접시가 되는 것이지요. 대미지를 입은 사람들의 받침 접시. 이 세계에는 누구에게나 받침 접시가 준비되어 있어요. 그걸 본인이 찾아내지 못하는 경우가 많지만."

형사와 탐정이 고개를 끄덕였다.

"히오키 사건으로 세상을 떠난 다이치 군에 대해서는 물론 똑똑히 기억하고 있지요. 어머니 손에 이끌려 나른한 몸을 질질 끌듯이 우리 병원에 왔었어요. ……무표정한 소년. 그 아이는 내게 거의 아무 말도 하지 않았습니다. 나는 그 아이와 신뢰 관계를 형성하는 데 실패했어요. 그 당시의 테이프를 들어봐도 극단적으로 말수가 적은 그 아이에게 계속해서 말을 건네는 내 목소리만 들릴 뿐이죠."

의사가 힘없이 웃었다.

"당시 경찰에서 선생님을 찾아왔던가요?"

탐정이 물었다.

"네, 왔었어요. 하지만 나는 질문에 답했을 뿐이에요. 다이치 군은 범죄자가 아니라 피해자였으니까. 뭔가 문제를 일으키지는 않았느냐, 따돌림을 당한 기색은 없었느냐, 그런 걸 물었어요. 하지만 그 사건은 중학생 사이의 왕따 문제 때문에 일어날 만한 범죄가 아니었지요. 당시에는 경찰이 하는 질문도 형식적이었어요. 그때는 이미, 나중에 억울한 누명으로 밝혀진 그 범인이 체포된 때였으니까. 그저 간단히 몇 가지만 물어보고 돌아갔어요."

"자료는 아직 남아 있습니까?"

"있죠. 테이프와 그림 등이 남아 있어요. 사실 오래된 자료는 파기하는데 그 아이 것만은 버리지 못했어요. 별것도 없겠지만 어쩐지 버리기가 좀…… 본격적으로 그 아이의 내면에 들어가기 전에 아이가 사망해 버렸으니까요."

테이프를 들어보았다. 어리고 나지막한 목소리. 그는 그저 네, 라는 대답밖에 하지 않는다. 의사의 질문만 들려왔다. 그는 계속 침묵하고 있었다.

"그다음은 그림이에요. 이건 아주 잘 그렸어요. 마음속의 생각을 그대로 그려보라고 말했는데 그 아이는 창문으로 보이는 풍경을 그렸습니다. 어지간히도 마음을 열고 싶지 않았던 모양이에요."

아름다운 색채의 풍경 그림. 심장의 두근거림이 빨라졌다.

"그다음은 이 사진. 상정요법箱庭療法이라는 겁니다. 인형이나 나무 같은 것을 이 상자 안에 배치하는 것이지요. 그걸로 환자의 내면을 알아내는……."

탐정과 시선이 마주쳤다. 형사도 나를 쳐다보았다.

"원장 선생님, 죄송합니다만, 잠시 자리를 피해주실 수 있을까요."

탐정이 말했다. 의사는 왜 그런지 웃음을 지으며 우리를 봤지만, 이윽고 느릿느릿 진료실을 나갔다. 주위가 써늘해졌다.

"어떻게 된 거죠?"

형사가 작게 말했다. 탐정이 입을 열었다.

"이제 이 사건은 중단하는 게 낫겠어."

탐정이 조용히 말을 이었다.

"그것뿐만이 아니야. 당신, 아무래도 이제는 사나에 씨에게서 떨어지는 게 좋을 거 같아."

나는 지그시 자료를 내려다보았다. 심장의 두근거림이 다시금 빨라졌다.

풍경 그림의 색채가 사건 현장의 종이학 색채와 흡사했다. 마치 이 그림이 사건을 위한 시작품試作品인 것처럼. 그리고 상정요법의 배치도 사건 현장과 비슷했다. 이건 정원이지만, 그걸 방으로 바꾼다면 영락없이 사건 현장의 구도와 똑같다. 정원 중앙에서 약간 오른편에 남자 인형이 쓰러져 있고, 구석에는 여자 인형이 햇볕을 받으며 자고 있다, 라고 표현하는 것도 가능하다. 그 인형은 웃는 얼굴이었으니까. 장식장은 화분, 테이블은 벤치. 자신의 사체는 없다. 여동생의 사체도.

"어째서 이걸 보고도 저 의사는……?"

젊은 형사가 말했다. 탐정이 입을 열었다.

"종이학의 배색은 언론에 발표되지 않았어. 너무도 선명해서 모방범이 나올 우려가 있었으니까. 게다가 사체가 어떻게 쓰러져 있었는지도 비공개였어. 그만큼 큰 사건은 자신이 하지도 않았는데 자진해서 범인이라고 나서는 자들이 많거든. 범인이 아니고서는 알 수 없는 정보를 어느 정도 확보해 둘 필요가 있었어. 하지만 아무리 그래도 이건……."

"아니, 애초에 뭔가 이상하잖습니까. 범인은 몸집이 큰 남자고 왼손잡이라고 했잖아요? 피부 조각까지 남아 있었어요. 게다가 분명 방범카메라가 있었고, 거기에 아무것도 찍히지 않았다고 했는데……."

형사는 그렇게 말하고 눈을 꾸욱 감았다.

"뭔가 멀미가 나는데요. 속이 메슥거려."

나는 침묵한 채 그저 자료만 바라보았다.

벌컥 문이 열리고 의사가 다시 들어왔다. 미소를 짓고 있었다. 뭔가의 가면처럼. 탐정이 입을 열었다.

"원장 선생님, 이 자료를 경찰에 보여줬습니까?"

"아뇨, 달라는 요청이 없었어요. 나는 그냥 질문에만 대답했어요, 성실하게."

"하지만 선생님은 프로잖아요. 아무 눈치도 못 챘을 리 없어요. 분명 현장 상황은 비공개였죠. 하지만 여기에는……."

"글쎄, 말했잖아요. 그런 요청이 없었다니까."

의사는 계속 미소를 짓고 있었다. 우리는 그를 보았다. 그도 우리를 보았다.

"선생님은 자신의 병원에 이상한 소문이 날까 봐서, 피해자가 다니던 병원이 아니라 가해자를 치료하지 못한 병원으로 알려질까 봐서, 이걸 감춰두고……."

"설마."

의사가 손을 내저었다. 벌레라도 털어내듯이.

"증거를 감추다니, 나는 그런 드라마틱한 인간이 못 됩니다. 요청이 있었다면 당연히 내놓았겠죠. 하지만 그런 요청이 없었어요. 요청하지도 않은 자료를 보란 듯이 자진해서 내놓으라고? 그런 식으로 파탄이 난 소년의 치료 기록을? 그를 치료하지 못한 나의 수치스러움과 함께?"

의사의 눈이 점점 더 가늘어졌다.

"나는 태생적으로 경찰을 좋아하지 않아요. 매우, 매우, 좋아하지 않는다고. ……국가도, 사회도. 특히 경찰은 나로서는 용서할 수 없는 자들이에요. 내 인생은 길어요. 나에게도 나만의 이야기가 있단 말입니다."

"그럼 왜 이걸 이제야?"

내내 침묵하던 내가 그렇게 물어도 의사는 표정을 바꾸지 않았다.

"당신들이 경찰이 아니기 때문이에요. 게다가 이미 다 지나간 옛일이에요. 나도 이제 그만 이 작은 병원을 닫을 생각입니다. 좋은 기회라고 생각했을 뿐이에요. 이제는 내가 히오키 사건의 피해자를 진료했던 정신과 의사라는 걸 아는 사람 따위, 거의 없어요."

의사의 표정이 갑작스럽게 팽팽히 긴장했다. 이마와 눈, 뺨이며 입술 아랫부분을 부자연스럽게 바들바들 떨었다. 그는 자신의 오른쪽 뺨을 가리며 연신 쓸어내렸지만 경련은 멈추지 않았다.

"이제 그만, 괜찮겠습니까."

의사가 조용히 입을 열었다.

"내가 약 먹을 시간이라서."

병원을 나와 빌딩을 올려다보았다. 택시를 잡을 마음이 나지 않았다. 내가 담배에 불을 붙이자 탐정도 형사도 담배를 꺼냈다. 공기가 싸늘했다. 눈을 내리깔고 휴대전화만 들여다보던 여자가 1층 매춘업소로 들어갔다.

"나는 이만 가봐야겠어요."

형사가 중얼거리듯이 말했다.

"나는 더 이상 관여하지 않을 겁니다. 처음부터 그렇게 약속했으니까. 이런 사건과 연결되면 내 업무까지 묘한 영향을 받게 돼요. 누명을 썼던 범인도 석방됐고, 어떻게 했는지는 모르지만, 아무튼 아들이 범인이었다고 해도 이미 사망했어요. 유족인 딸에게서 수사해 달라는 얘기도 없었고. 유족이 없다든가 적극적으로 나서주지 않는 사건은 점차 잊히는 게 보통이에요. 하지만⋯⋯."

그는 그렇게 말하고 담뱃불을 끄더니 탐정을 돌아보았다.

"뭔가 또 도울 일이 있으면 나한테 연락하세요. 이런 식으로라도 괜찮으시다면. 나는 선배에게 정말 신세를 많이 졌어요. 아직도 다시 형사실로 돌아오셨으면 하는 마음이 있습니다."

그가 머리를 숙이고 멀어져 갔다. 형사가 떠나고, 뒤에 남겨진 나 자신이 왠지 기분 좋게 느껴졌다.

"현명한 친구야."

탐정이 두 대째의 담배에 불을 붙였다.

"이런 일에는 엮이지 않는 게 좋지. 이따금 이런 사건이 있어. 형사를 미쳐버리게 하는 사건."

"어째서 내가 사나에 씨에게서 떨어지는 게 좋다는 거예요?"

내가 그렇게 물었지만 탐정은 아무 말도 하지 않았다. 그가 걸음을 뗐다. 따라오라는 듯이.

"처음에 부추긴 건 나였지만, 이제 당신도 이 사건에서 손을 떼."

"왜요?"

"일상생활로 돌아가. 당신의 생활로."

탐정이 나를 보았다.

"이래저래 당신은 묘한 인간들을 만났겠지? 친해지는 일 따위 없었을 테지만, 그래도 분명 묘한 인생을 보낸 인간들을 만났을 거야. 하긴…… 나도 그런 인간 중의 한 사람인지도 모르지. 형사로서, 탐정으로서, 나는 남의 인생만 관찰하면서 살아왔어. 쉬는 일도 없이. 필요 이상으로 타인들의 인생 속에 끼어들었지. 용의자에 대해, 피해자에 대해, 탐정이 된 뒤로는 조사 대상만 생각하며 살아왔어. 하지만 그건 그렇게 할 필요가 있었기 때문이야. 나 자신의 인생을 타인을 응시하는 방관자처럼 사는 것. 그렇게 해야만 했어, 나는."

탐정이 나를 지그시 바라보았다.

"당신을 처음 봤을 때, 나를 닮았다고 생각했어. 당신은 자신의 인생에서 벗어나고 싶어 하지. 뭔가에 휘말려 들어 자신의 본질을 망각하고 싶어 한다고. 자신의 인생에서 유리되려고 하고 있어……. 당신과 듀엣을 짜듯이 이 사건을 파고들면 재미있을 것 같기도 했어. 하지만 나와 꼭 닮은 존재를 눈앞에서 바라보는 건 결코 유쾌한 경험이 아니야."

주위의 온도가 다시금 써늘해졌다.

"그리 친해진 것도 아니지만, 아무튼 당신은 틀림없이 다시 일어설 수 있어. 당신은 아직 젊어. 만일 살아 있었다면 내 아들과 거의 같은 나이일 만큼……. 당신은 일상으로 돌아갈 때야. 이제 그만해도 되잖아, 그다음 얘기는? 이대로 가다가는 당신이 등장하게 될지도 몰라. 몇 년 뒤에 다시 이 사건에 사로잡힌 인간이 나타났을 때, 당신이 만난 기묘한 인간 중의 한 사람이 되어서 당신이 등장하게 될지도 모른다고. 지금처럼 오른쪽 눈가의 경련이 멈추지 않는 중년 남자로……. 그러니 이제 그만 일상으로 돌아가."

"돌아가서, 뭘 하죠?"

"생활을 해야지."

"생활?"

"좀 더 제대로 된 여자를 만나서 교제도 하고."

"그리고?"

"변호사가 될 거지? 그거, 아주 좋잖아."

"그러고는?"

"변호사가 되어서 돈도 벌고 결혼해서 아이도 낳고."

"그리고?"

"아이가 커나가는 것을 즐겁게 지켜보고, 일의 실적을 쌓고."

"그리고?"

탐정과 눈이 마주쳤다. 그보다 내가 먼저 입을 열었다.

"지금은 내 차례예요. 지금 R은 어딘가에서 순조로운 인생을 보내고 있을 겁니다. 그러니까 이제는 내 차례예요."

"뭐라고? R이라니?"

탐정이 의아한 눈빛으로 나를 보았다. 나는 일부러 그렇게 말했는데 그는 진지하게 나를 보았다. 일부러 말해본 것뿐인데. 탐정이 깊게 숨을 들이쉬고 입을 열었다.

"말할 생각은 없었는데, 한 가지만 알려주지. 사나에 씨는 당신을 만나기 전에 당신의 뒷조사를 했어."

"네."

"놀랍지 않아? 그녀가 당신에 대해 사전에 조사를 했었다고. 탐정인 나를 고용해서. 내 말 잘 들어, 그녀는……."

"사나에와는 이제 떨어질 수 없어요."

"뭐야, 벌써 정이 들었어?"

"잘 모르겠지만, 헤어지는 건 안 돼요. ……그거, 아세요? 그녀의 목이 아주 가늘다는 것. 울먹거리는 표정으로 나를 보면서 신음 소리를 낼 때, 그녀의 목이 아주 가늘다는 것."

"이봐, 신견 씨."

"그녀가 원하고 있어요. 내게 원하는 게 있다고요. 처음이에요. 어렸을 때부터 어디에도 필요가 없다고 여겨졌던 내게 누군가가 뭔가를 원하는 것. 도움이 되는 것. 그녀의 목은……."

두통이 몰려왔다. 아니, 계속 두통이 있었다는 것을 깨달았다. 내 주위로 타인들이 걸어간다. 후텁지근한 숨을 들이쉬고 내쉬는 타인의 무리. 어지럽다. 구역질이 날 만큼.

"그녀의 목은……."

나는 관자놀이를 꾸욱 눌렀다. 호흡이 거칠어졌다. 뭔가를 계속 말하는 탐정에게 손을 내밀어 만류했다. 그는 끈질기다. 멀미가 심해졌다. 나는 그에게서 도망치려고 사람들이 붐비는 속으로 들어갔다. 그는 좀체 포기하려고 하지 않는다. 나는 붐비는 사람들 틈을 계속 걸었다. 벗어나는 수밖에 없어서. 이 장소에는 더 이상 있을 수 없어서.

16

다시 채무자들이 찾아왔다. 오늘은 많다.

채무자들은 줄줄이 이 사무실에 찾아와 기뻐하거나 슬퍼하며 돌아간다. 복합빌딩의 공간. 1층은 술집, 2층은 치과. 채무자를 손님으로 삼는 업종이다.

휴식 시간은 아니지만 외부 비상계단에 나가 담배를 피웠다. 비가 내리고 있었다. 우울한 비. 책상에 돌아오자 이치이가 와 있었다. 손에는 서류. 종이 한 장.

"개입 통지서 확인, 부탁합니다."

왜 나한테 묻는 건가. 이런 일을, 왜 일부러. 서류를 보고 불안해졌다. 이런 압박감은 그리 바람직하지 않다.

"글자 위치가 너무 위쪽인 거 아냐?"

"예?"

"여기 봐, 이래서는 아래쪽에 여백이 너무 많잖아. 보는 사람이 압박감을 느껴."

심장의 두근거림이 빨라졌다.

"압박감……."

"그러니까 여기 여백에 압박감을, 여백에……."

아무튼 다시 쓰라고 말하려고 했을 때, 기즈카가 다가왔다. 이 친구들, 대체 뭔가. 나와의 거리가 지나치게 가까운 것을 왜 알아차리지 못하는가. 두통이 몰려왔다. 머리 혈관을 조그만 손이 쥐어뜯는 듯한 통증.

"가토 씨가 부르십니다."

나는 구원받은 기분으로 서둘러 자리에서 일어났다. 가토 씨의 집무실에 들어가자 벽이 왜 그런지 하얗게 보였다. 원래 하얀색이었는데 좀 더 하얗게 보인다.

"이게 뭐지?"

나는 두통을 느끼면서 가토 씨를 보았다. 그는 왜 심각한 얼굴을 하고 있을까. 내 머리가 이렇게 아픈데. 내 두통만큼 큰

일 따위는 어디에도 없는데.

"이것 좀 보라고."

가토 씨가 모니터 화면을 내게로 돌렸다. 야마베가 가토 씨에게 보낸 메일이었다. 가토 씨를 고소하자는 메일, 나와 협력해서 소송을 걸자는 메일, 모두 내가 야마베에게 보냈던 것들이다.

왜 그런지 가토 씨가 눈앞에 있다는 것을 새삼스럽게 깨달았다. 아까부터 있었는데, 나는 그렇게 느꼈다. 야마베가 진짜 시시한 짓거리를 했다. 도무지 써먹을 데가 없는 놈이네, 라고 나는 생각했다. 이런 일에조차 도움이 되지 않다니.

모두 읽어보신 그대로예요, 라고는 말하지 말자. 당신이 너무 허접한 인간이라서 함정에 빠뜨리려고 했다, 라고도.

"모두 읽어보신 그대로예요."

"뭐라고?"

"당신이 너무 허접한 인간이라서 함정에 빠뜨리려고 했어요."

가토 씨의 이마가 불그죽죽해진다. 뺨도, 목도. 나는 가슴팍 호주머니에 넣어둔 녹음기를 꺼냈다. 가토 씨의 목소리가 흐르기 시작한다. 내가 재생 버튼을 눌렀으니까.

—계약직 친구들, 죄다 그만두게 할 거야.

가토 씨가 나를 노려보았다. 나는 지금의 상황에 능숙하게 따라갈 수가 없다.

"대체 무슨 속셈이야, 너……."

—계약직은 재계약만 하지 않으면 자를 수가 있는데, 정직원은 그렇게는 안 되잖아. 그러니까 가능하면 자발적으로 그만두게 했으면 좋겠어. 그…… 기즈카와 다카오카 말이야.

"이런 짓을 하고도 무사히 넘어갈 거 같아? 이봐, 내 얘기 듣고 있나?"

나는 가토 씨의 벌어진 입을 멍하니 바라보았다. 인간의 입은 더럽다. 뭔가를 먹거나 토하거나 여자를 핥거나 하는 입.

—그냥 그들이 뭔가 실수를 하면…… 매번 나한테 보고해주기만 하면 돼. 결국은 내가 나서서 주의를 주게 되겠지만…… 그리고 자네도 지금까지처럼 그 친구들에게 친절하게 하지 말라고. 그러다 보면 슬슬 눈치를 채겠지, 그 친구들도.

"이게 외부에 알려지면 가토 씨도 좀 힘들어지겠지요?"

"내가 그렇게 하게 놔둘 거 같아?"

가토 씨의 심각한 얼굴에 나는 깜짝 놀랐다.

"하하하하! 대단하시네. 엄청 심각하신데요?"

"뭐야?"

"아니, 별문제 없잖습니까. 별일도 아니잖아요."

나는 나 자신을 제지할 마음이 없었다.

"이런 세계에 그렇게 달라붙어 있고 싶어요? 뭘 위해서? 다들 떠받들어 주는 걸 위해서? 여자하고 자기 위해서? 사치를 누리고, 자신은 특별하다고 존재를 곱씹어 보기 위해서? 다 웃기는 짓이에요. 이딴 거, 아무려면 어떻습니까?"

"지금 무슨 소리를 하는 거야?"

"그런 것보다, 그녀의 눈을 보세요. 그런 것보다 그녀의 눈을 보시라고요. 자신의 깊은 곳에 와닿는 저 연약한 눈빛, 자신의 본디 모습을 알려주는 그 눈빛."

실내가 썰렁해진다.

"나는 인생의 가치를 바꿨어요. 인생의 가치를. 이를테면 독신이고 우울한 직업을 갖고 있고, 하지만 나비 수집을 진지하게 하는 남자가 있다고 하자고요. 그 남자에게 인생의 행복은 나비예요. 그 남자의 하루의 가치는 얼마나 진귀한 나비를 수집했느냐에 달려 있다고요."

실내가 다시금 썰렁해진다. 녹음기에서 목소리가 계속 흘러나왔다.

─자네가 그런 성향이었나?

주변이 조용해졌다. 가토 씨는 나를 계속 심각하게 바라보았다. 심장의 두근거림이 점차 가라앉는 나 자신을 깨달았다. 뭔가를 마구잡이로 내던진 뒤에는 이토록 조용한 거구나, 라고 생각하면서.

"자네, 대체 이걸 어떻게 할 작정이야?"

나는 깊게 숨을 들이쉬었다. 조금 더 침착해지기 위해서.

"어떻게도 하지 않아요. 만일 괜찮으시다면, 그들의 퇴사를 회사 사정으로 처리해 주세요."

"그것뿐이야?"

"그리고 제가 관두겠습니다. 그래서 남게 되는 약간의 비용을 그쪽에 써주세요."

가토 씨가 나를 보았다. 의아하다는 듯이.

"이번에는 영웅놀이야? 아무것도 안 돼, 그런 거 해봤자."

"그렇죠. 아무것도 안 됩니다. 알아요."

"이봐, 내 말 잘 들어."

가토 씨의 목소리가 거칠어졌다. 바깥에는 들리지 않을 정도로.

"분명 내 방식에는 안 좋은 부분도 있었겠지. 하지만 말이야, 잘 들으라고. **결국은 그게 옳아**. 내가 왜 그들을 배려하지 않고 몰아붙이려고 하는가. 그건 내가 신경을 써줄 만큼 그들이 우수하지 않았기 때문이야. 그들은 위기감도 없고, 책임질 줄도 모르고, 항상 자네한테 묻기만 했어. 스스로 진지하게 생각하는 일도 없고, 몇 번을 가르쳐줘도 결코 고치는 일도 없이 몰래 자네한테 물어보러 갔다고. 그랬잖아? 여기서 그들을 배려해 주면서 그만두게 하면 그 친구들, 아무 반성도 없이 다른 직장에서 또 똑같은 짓을 되풀이할 거라고. 하지만 매몰차게 대해버리면 어떻겠어, 조금쯤은 눈을 뜨지 않겠어? 결국 그 친구들을 위한 일이야. 여자 친구가 없다고 징징거리는 뚱보 친구에게는 애초에 살을 빼지 않고서는 어려운 일이라고 매몰차게 말해주는 게 더 효과적이잖아? 자네에게도 곧 여자 친구가 생길 거라고 위로해 주는 건 역효과가 날 뿐이야. 내가 그들에게 매몰찬 판단을 내린 것은 그들에게는 그 정도의 가치밖에 없었기 때문이야. 그리고 나의 그런, 어떤 의미에서는 자연스러운 행동은 결국 그들을 위한 일이 돼. 인간은 강한 충격을 주지 않으면 웬만해서는 바뀌지 않아. 그러니까 사회에서는 자연스럽게 생각한 대로 하면 되는 거야. 그리고……."

가토 씨의 말은 끝나지 않는다.

"자네가 지금 품고 있는 시시한 허무감 같은 소꿉장난을 내가 알지 못할 거라고 생각해? 그런 건 이미 몇십 년 전에 내 속에서 다 소화消化해 버렸어. 당연하지. 내가 인생에서 나타나는 모든 현상을 마음속 깊은 곳에서 완전히 축복하고 있는 줄 알아? 나는 단지 인간의 한계를 깨달은 것뿐이야. 얼핏 보기에는 허접한 것 같아도 생활 속에 몸을 던지면 생활은 행복의 감각을 누리게 해준다고. 내 쪽에서는 그런 것 따위는 행복이 아니라고 생각해도, 허접하다고 생각해도, 그쪽에서는 착실하게도! 나는 겸허해진 것뿐이야. 하루하루를 받아들이고 있어. 변호사로서 성공의 기쁨도 받아들인다고. 좀 더 정확히 말하면 감사히 받아들이고 있어. 그렇게 사회의 톱니바퀴 안에서 살아나가면 나처럼 허접한 존재라도 누군가에게 도움을 주는 사람이 돼. 그렇게 살아가는 거야, 인간은. 참된 현명함이란 세계를 삐딱하게 보는 것이 아니야. 일상으로부터 받을 수 있는 것을 겸허히 받아들이는 것이라고."

"살아가는 데는 겸허함이 필요하다는?"

"그렇지."

"그러면 옛날 일본처럼 천왕 만세, 하고 죽으라는 말을 들으면 그걸 받아들이는 것도 겸허함입니까?"

"난 그런 얘기는 한 적 없어."

"원자력발전소가 파괴되었어도 지금까지 그 혜택을 받아먹었으니 우리 모두에게 죄가 있다, 라는 허접한 의견도 겸허함입니까?"

"자네는 극단적인 예를 들고 나서는군. 젊은 사람들은 논의를 금세 극단적으로 만들어서 도망치려고 하지."

가토 씨와 눈이 마주쳤다. 나는 지쳐버렸다. 이제껏 경험한 적이 없을 만큼.

"좋아, 자네 의견대로 하자고. 그 친구들은 회사 사정에 따른 퇴직으로 처리해 주겠어. 퇴직금도 줄 거야. 하지만 자네는 관둬."

"네."

"자네는 더 이상 이쪽 업계에서 일할 수 없게 하겠어. 왜냐하면 그게 내 방식이니까. ……그 녹음기는 자네 좋을 대로 실컷 써먹어."

나는 가토 씨에게 머리를 숙이고 나오려고 했다. 그러다 내가 숙인 머리의 각도가 생각보다 깊은 것을 알았다.

"나는 자식이 없어……. 내 아들처럼 생각했었어."

"저도 그렇습니다……."

말을 내뱉은 뒤에야 그 말이 다양한 의미에서 본심이었다
는 것을 깨달았다. 다시 한번 머리를 숙이고 나는 나왔다.

나는 술에 취했다. 당연한 듯이.

그녀의 원룸에 갔다. 멀쩡하게 걸을 수 있는데도 일부러 비
틀거리는 척도 해봤다.

식탁 의자에 앉은 그녀는 나보다 더 취해 있었다. 아무것도
읽지 않았으면서, 아무것도 보지 않았으면서, 울고 있었다. 머
리칼이 흐트러져 있었다. 나는 그녀의 우는 얼굴을 보면서 조
금 욕망을 느꼈다.

얼마 전까지는 깨끗이 치워져 있었는데 그새 어질러진 방.
도시락 쓰레기, 페트병. 며칠 전에 내가 벗어 던진 속옷.

"왜 그래?"

내가 묻기 전에 그녀가 그렇게 물었다.

"너를 엉망으로 만들고 싶어서."

그녀에게 다가가 키스를 했다. 혀의 뒷면을 핥고 윗입술을
입에 머금는다. 그녀는 내가 그렇게 하자 좀 더 울었다. 싫어,
싫어, 라고 하면서도 옷을 벗기는 나를 막으려고 하지 않는다.
옷 따위를 왜 입은 거야, 라고 나는 생각했다. 벌써 이렇게 젖

어 있으면서, 옷 따위를.

"내 뒷조사를 했지? 왜 그랬어?"

그녀의 목덜미를 핥고 속옷을 벗기면서 물었다. 그녀는 울고 있었다.

"목적이 뭐냐고."

그녀가 비통한 눈빛으로 나를 보았다. 그 눈을 보면서 나는 입을 열었다.

"좀 더, 좀 더……."

나는 그녀에게 빠져버리고 싶다고 생각했다. 모든 것이 어떻게 되든 상관없을 정도로. 하지만 그런 나 자신을 객관적으로 바라보는 또 하나의 나 자신을 느꼈다. 그 시선은 귀찮다. 그래서 뭐가 어떻게 되는데, 라고 생각한다. 그래서 뭐가 어떻게 되는데? 젖꼭지를 핥고, 성기를 더듬어서 넣고, 네가 사정射精하는 것뿐이잖아? 그래서 어떻게 되는데?

"그걸로는 부족하다니까. 나는 이상해질 수가 없어."

그녀의 성기에 내 성기를 넣으면서, 나는 말한다. 그녀와의 섹스에 불만 따위는 없다. 있을 리가 없다. 내 감수성의 문제다. 그래서 어떻게 되는데? 하고 나는 다시 생각한다. 이대로 기분이 좋아져서 사정하고, 그래서 어떻게 되는데? 그 뒤에는? 다시 발기할 때까지 기다려? 그리고 그다음에는?

"목을 졸라줘⋯⋯."

그녀가 돌연 말한다. 헐떡이면서, 나를 진지하게 바라본다. 그게 성적인 요구가 아니라는 것이 그녀의 눈빛에서 전해진다. 나는 그녀의 목에 손을 댄다. 조금씩, 힘을 넣는다.

"그래, 그대로, 힘을 줘⋯⋯. 당신은 사랑받지 못했잖아? 어릴 때 사랑받지 못했잖아⋯⋯. **그냥 그것뿐인 일인데도 이토록 엄청난 일이 돼**⋯⋯. 나도⋯⋯."

그녀가 운다.

"하지만 나를 죽이면 그 공백은 메워져. 아니지, 이제 그 공백 자체가 의미가 없게 돼⋯⋯. 그건 당신이 완전히 이 세계를 지지하지 않는다는 것을 의미하니까. 이 세계의 온도를 바라지 않는다는 것을 의미하는 일이니까⋯⋯. 당신은 다른 장소에 갈 수 있으니까."

"하지만 나는 혼자 남게 되잖아."

"괜찮아. 서랍에 약병이 있어."

그녀가 나를 보며 다시 운다. 나는 그녀의 목을 조른다. 강하게. 매우 강하게.

하지만 나는 느닷없이 눈물을 흘렸다. 왜냐하면 내가 그녀의 목을 강하게 조르는 것은 기껏해야 2초 정도라는 것을 아니까. 그리고 실제로 지금 벌써 이렇게 힘을 빼고 있으니까. 슬프게 실망한 그녀의 얼굴을 내 눈앞에서 보고 있으니까. 현대의 남자는, 아니, 그런 게 아니라 나는, 한 여자에게 온통 미쳐버리고 완전히 빠져버리는 일 따위 못 하니까. 그렇게 순수하게는 될 수 없으니까.

"나는 네가 바라는 것처럼 되지 못해."

나는 사정하기 전에 사정에 의한 쾌락의 정도를 이미 예상해 버린다. 그런 인간이다.

"당신의 목적이 뭔지는 모르겠지만…… 선수 교체야. 나의 어렸을 때의 광기도, 광기 이외의 나의 개성도, 전부 평준화되어 가는 세계 속에서 사라져 버렸어. 길고 긴 일상 속에서……. 나에게는 아무것도 없어."

나는 지금의 직장을 그런 식으로 내팽개쳤다고 해도 내일부터는 다시 취직 활동을 할 것이다. 하고 싶지도 않은 일을 하기 위해 앞으로도 계속 머리를 숙일 것이다. 인생을 망쳐버릴 용기도 없이, 사랑하지도 않는 내 인생을 계속 고집할 것이다. 평생 소중하게, 이 소소한 인생을 계속 고집할 것이다.

"나는 범죄자조차 되지 못해……."

그렇건만 내면에는 R이 계속 존재한다는 모순. 해방도 못하면서 아마 앞으로도 내내 R이 평생 존재하리라는 모순.

17

그날 밤, 그녀가 이야기를 했다.

어둠 속, 내가 깨어 있다는 것을 알았는지, 침대에서 옆에 나란히 누운 채로.

이따금 여진으로 방이 흔들렸다. 희미하게 비가 내리고 있었다. 창문에 힘없이 물방울이 와 닿고 서서히 멎은 뒤에 다시 희미하게 내리기 시작했다. 그녀는 막아두었던 둑이 터진 듯이, 아니, 한 마디 한 마디를 쥐어짜듯이 이야기를 했다.

"아버지가, 불쌍했어……."

그녀의 이야기는, 지금까지의 내가 알던 조각조각을 이어서 맞붙이는 것이었다. 다 듣고 났을 때, 아니, 바로 지금도 나는 그녀가 이야기한 세세한 부분을 머릿속에서 애써 정리해 보려 하고 있다. 뭔가 의도적인 트릭이 있었던 게 아니라 다양한 심리에서 빚어진 다양한 현상이 복잡하게 뒤엉켜 있었다. 그녀가 이야기한 것은 히오키 사건이고, 그와 동시에 그녀의 인생에 대한 것이었다. 마치 죽기 전에 모든 것을 가까스로 내던지듯이.

히오키 다케시의 아내 유리는 아름다웠다.

아직 어린 사나에의 눈으로 봐도 두 사람은 왜곡이 감지될 만큼 서로 어울리지 않았다. 유리는 뭔가 요란한 연애를 몇 번 하고 난 끝에 안식을 찾기 위해 다케시와 결혼했던 게 아닌가, 하고 사나에는 생각하고 있었다. 유리의 손목에는 오래된 큰 상처가 있었다. 시험해 본 상처가 아니라 확신을 근거로 그어버린 굵고 깊은 상흔. 일단 죽어본 사람으로서, 여생처럼, 결혼이라도 해볼까⋯⋯. 아이들을 귀여워하고 남편 다케시와 웃는 얼굴로 대화를 하고 있어도 유리에게는 어딘가 그런 분위기가 있었다.

"아버지는 늘 힘들어 보였어. 어머니를 견딜 수 없을 만큼 좋아했으니까. ……이상할 정도로. 오빠 다이치와 내가 정말로 자기 자식인가 의심해 버리는 자신을, 힘들어하는 것 같았어……. 나도 오빠도 아버지의 자식인데, 분명 그게 틀림없는데, 우리는 조금도 아버지를 닮지 않았어. 어머니 쪽만 빼닮았어. 그리 좋은 말은 아니지만, 이를테면 아버지의 추한 피는 따돌려 버린 것처럼."

그래도 히오키 다케시는 유리를 질투한 나머지 소리를 지르거나 폭력을 휘두르는 사람은 아니었다. 구청의 지역 출장소 직원으로 꼬박꼬박 출근해 일하고, 아내를 큰 소리로 나무라는 일도 없었다. 자신이 정체를 알 수 없는 질투심을 느낀다는 것도 솔직하게 아내에게 이야기했다. 다케시는 사나에의 눈으로 봐도 상당히 평범한 남자였고, 착실했다. 정직하기도 했다.

"밤에, 아버지 어머니 방에서 소리가 들려온 적이 있어. 아버지가, 정말이냐고 묻고 있었어. 어머니의, 뭐랄까, 작게 헐떡이는 목소리 속에서, 아버지의, 정말이야? 하는 목소리가……. 아버지는 나를 귀여워해 줬지만, 이따금 몹시 냉정한 눈빛으로 내 몸짓을 지켜볼 때가 있었어. 마치 나의 생물적인 몸짓을 관찰해서 정말로 자기 아이인지 확인하려는 것처럼."

한 차례, 다케시는 아내가 남자와 걸어가는 것을 목격하고 말았다. 하지만 그건 유리가 바람을 피운 것이 아니었고, 그 자리에는 유리의 여자 친구도 함께 있었다. 그 남자는 그 친구의 연인이기도 했다. 하지만 다케시의 내면은 다케시 자신도 놀랄 만큼 흐트러져 버렸다. 이런 일에 질투를 하다니, 이상하다, 라고 생각하면서도 마음속 깊은 곳에서 어떻게 해도 의심하고 질투하는 자신을 느꼈다. 또 하나의 자신을 다케시는 두려워했다. 이를 해결하기 위해서는 그 또 하나의 자신을 진정시키는 수밖에 없었다.

"아버지가 어머니의 자전거를 부숴버린 날의 일이 또렷하게 기억나. 머리가 이상해져서 부숴버렸던 게 아니야. 아버지는 매우 냉정하게, 어머니에게 자전거를 부숴도 괜찮겠느냐고 물었어. '정말 미안하다. 의심하는 것도 아니고, 이런 짓을 해봤자 아무 의미도 없다는 건 잘 안다. 하지만 이렇게 하면 내 마음이 좀 놓일 것 같다. 물론 이상한 짓이라고 생각하겠지만, 그래도 내가 침착해질 수 있으니까, 다시 원래의 나로 돌아갈 수 있으니까, 조금만 참아줘……' 어머니도 고개를 끄덕였어. 부수지 않고 끝난다면 좋겠지만, 어머니는 그런 말을 입 밖에 내지 않았어."

다케시는 그 남자가 언젠가 제 여자 친구보다 유리를 더 좋아하지 않을까 하고 걱정했다. 그것은 다케시의 피해망상에 그치지 않고 실제로 적중했다. 사나에는 집 전화로 곧잘 남자에게서 전화가 걸려 왔던 것을 기억하고 있었다. 그때마다 유리는 뭔가를 거절하곤 했다. 명랑하게, 농담을 섞어가며. 점차 전화는 걸려오지 않게 되었다.

"아버지는 항상 세련된 옷을 입고, 한 달에 한 번은 머리를 하러 미용실에 들렀어. 하지만 뭐랄까, 온몸을 뒤덮은 순박함 같은 게 빠지지 않았어. 아버지와의 대화도 항상 재미가 없었어. 성실한 대화이기는 한데, 결코 재미있지는 않았어. 그래도 순박함은 미덕일 텐데, 아버지는 그렇게 생각하질 못했어. 눈앞에 어머니가 있었으니까. 어머니는 존재하는 것만으로도 그 자리의 중심이 되는 그런 여자였으니까. 어머니는 평범하던 아버지의 인생에 돌연 나타난 이 세상 행복의 전부였어……. 그걸 잃을 수는 없었겠지. 어머니는 아버지까지 특별한 존재로 만들어줬으니까……. 아버지는 곧잘 어머니 손목의 상처를 보곤 했어. 부러운 듯이. 이토록 아름다운 여자를, 자신이 사랑하는 여자를, 그렇게까지 마음 아프게 할 수 있었던 상대에게 질투하듯이. 자신도 할 수만 있다면 그런 상처를 아내에게

만들어주고 싶다는 듯이……. 어쩌면 어린 시절의 아버지는
집안이 불행했었는지도 모르지. 아주 아주 오랫동안, 뭔가가
아버지 안에 둥지를 틀고 있었는지도."

세일즈맨이 놓고 간 어린이용 교재 샘플을 봤을 때, 그리고
명함에 인쇄된 그 젊은 세일즈맨의 얼굴 사진을 보았을 때, 다
케시는 다시 혼란에 빠졌다. 혼란에 빠지면 자신에게 겁을 먹
고, 또다시 자신을 진정시킬 방법을 생각해 내야 했다. 그것이
방범카메라였다.

"아버지는 그때도 어머니에게 이유를 설명했어. 감시하려
는 것은 아니다. 다만 그렇게 하면 마음이 놓인다, 그뿐이다,
라고……. 집에 방범카메라를 설치하는 건 그리 드문 일은 아
니었어. 하지만 아버지는 출입이 가능한 모든 곳에 카메라를
달았어. 현관, 뒷문, 작은 마당으로 통하는 유리문, 부부 침실
의 창문……. 이웃 사람들에게는 조금 신경질적인 집이라고
여겨졌을 뿐이겠지."

다케시는 실제로 방범카메라의 테이프를 날마다 확인하거
나 교체한 것은 아니었다. 어디까지나 자신이 안심하기 위해,
아내를 감시한다기보다 자신을 진정시키기 위해 설치했을 뿐
이었다. 카메라의 영상은 하루 동안 찍고 나면 테이프가 자동

으로 되감겨 다시 그 위에 녹화되는 시스템이었다. 그래서 마음만 먹으면 다케시는 언제라도 테이프를 확인할 수 있었다.

세면대 앞에서 멍하니 서 있는 다케시를 사나에는 자주 보았다. 그 무렵, 다케시는 급격히 늙어 있었다. 나이를 먹는 것과 함께, 그러잖아도 추했던 다케시의 얼굴은 더욱더 뒤틀려 가는 것처럼 보였다. 다케시와 유리가 나란히 걸어가는 모습은 얼핏 부녀간 같기도 했지만, 자세히 보면 전혀 닮지 않아서 어떤 관계로도 보이지 않았다. 거울 앞에 서 있는 모습을 사나에에게 들키면 다케시는 언제나 그녀를 거칠게 손으로 밀쳐냈다. 마치 증오하듯이.

"집 안이 다시 숨 막힐 듯 답답해졌어. 아버지의 어두운 부분이 카메라라는 형태를 가진, 눈에 보이는 물체로 바로 곁에 나타난 것 같았어. 어머니는 저항할 마음이 없었던 것 같아. 인생에 저항하기보다는 받아들이고 흘려보낸다, 그런 식으로 살아가게 된 것 같아. 아마도 과거 인생에 저항했다가 그 이상은 없을 만큼, 손목을 깊이 손상시킬 만큼 큰 상처를 입었을 테니까."

유리는 정해진 시간에 장을 보러 나가고, 그 이외에는 바깥 출입을 하지 않았다. 자신이 무심코 외출했다가 남편을 다시 혼란에 빠뜨릴 것을 우려해서. 유리가 집 안에서 집요하게 청소를 하게 된 것은 그즈음이었다. 청소를 하지 않으면 이 폐쇄된 공간이 썩어갈 거라고 생각했는지도 모른다. 항상 청결을 유지하지 않으면 자기 가족이 고이고 고여서 썩어갈 거라고.

"어머니의 청소는 이상했어. 하루 종일 집 안의 온갖 부분, 온갖 가구, 전부를 닦았어. 닦을 곳이 있으면 반가워하곤 했어. 나와 오빠에게도 의무적으로 청소를 하라고, 강하게는 아니지만, 요구했어. 아버지는 날마다 일찌감치 집에 돌아오고 밤이 되면 날마다 어머니를 원하는 것 같았어. '만일 네 엄마가 아빠를 두고 떠난다면, 사나에는 아빠와 살아야 한다?' 아버지가 웃는 얼굴로 내게 그렇게 말했을 때, 나는 무서웠어. 이렇게 말하면 안 되겠지만, 이런 재미없는 사람과 함께 사는 건 괴로울 거라고 생각했으니까⋯⋯. 그리고 다이치가 조금씩 망가져갔어."

가족의 균형이 뒤틀리기 시작하면 그중에서 가장 약한 자에게 그 무게가 고스란히 덮쳐든다. 아들 다이치는 당시 열네 살로, 뒤틀림의 영향을 받기 쉬운 시기이기도 했다.

"처음에 다이치는 내게 속옷을 보여달라고 했어. 농담처럼. 당시 열한 살이던 나는 이 세상에 야한 뭔가가 있다는 건 알았어. 아기가 어떻게 태어나는지도 알았고. 하지만 그걸 구체적으로 생각해 본 일 따위는 없었어. 처음에는 어머니가 내게 시킨 청소를 다이치가 해주는 대신 내 속옷을 보여줬어. 치마를 들치고. 다이치는 내가 웃음이 터져버릴 만큼 심각한 눈빛이었어. 나 역시 그러면서 뭔가 후련해지는 걸 느끼곤 했어. 뭔지는 잘 모르겠지만, 침전해 가는 집 안에 가득 고인 긴장감이 어떤 틈새로 스르륵 빠져나가는 것 같았어."

다이치의 요구는 하루하루 늘어갔다. 그는 사나에에게 키스를 요구했다. 사나에는 처음에 부드러운, 이를테면 자신과 매우 친숙한 부분을 만지려 드는 것에 저항감을 느꼈지만, 그는 외국에서는 가족 간에 아무렇지도 않게 키스를 한다고 설득해서 사나에에게 키스를 했다. 혀도 넣었다. 그의 키스는 껌 맛이 났다. 지금도 사나에 안에 남은 맛이었다.

"그러다가 다이치는 봉긋해지는 가슴을 옷 위로 서툴게 더듬었어. 그는 내게, 좋아한다고 말했어. 바지 한가운데가 한껏 부풀어 있었어. 가엾을 정도로……. 하지만 나는 그 이상은 무서웠어. '아빠 엄마한테 말해버릴 거야'라고 했어. 그 이상 하면 내가 다 일러바칠 거라고……. 그는 힘들어 보였어. 하지만 나는 무서웠어."

그 무렵, 밤이면 유리는 사나에에게 그림책을 읽어주곤 했다. 내용까지는 기억나지 않지만, 열두 살이 되어가던 사나에에게는 지독히 유치한 책이었다. 자신이 그림책을 읽어주는 걸 얌전히 듣고 있으면 청소는 반만 해도 된다는 이상한 소리를 했다. 사나에는 그 따분한 그림책을 참을성 있게 듣곤 했다. 그 낭독은 내용의 유치함과는 딴판으로, 유리에게 싹트고 있던 비명을 드러낸 것이었는지도 모른다. 그 낭독은 항상 다케시에 의해 중단되었다. "그만 자야지"라고 다케시는 마치 사나에를 나무라듯이 말하곤 했다. 그때 다케시가 사나에를 바라보는 눈빛은 매번 무섭도록 차가웠다. 유리는 그때마다 사나에에게 웃어 보이며 그들의 침실로 돌아갔다. 사나에는 자신이 이용당하고 있다고 어렴풋이 생각했다. 그 낭독에 어떤 의미가 있는지, 그것까지는 알지 못했지만 이용당하고 있다는 느낌만은 그녀 안에 오래도록 남았다.

　"어머니는 점차 거실 테이블에 멍하니 앉아 있게 되었어. 방범카메라를 설치한 뒤로는 항상 누군가 보고 있는 듯한 기분이 들었어. 어머니는 집 안을 구석구석까지 청소하고, 어디에도 나가지 않으면서 한낮에 돌연 샤워를 하기도 했어. 나는 왠지는 모르겠지만 숨을 멈추는 버릇이 붙었어. 집에서 내

내 입을 꾹 다물고 숨을 멈추고 있는 것을 갑작스럽게 깨닫는 일이 있었어……. 아버지가 내게 '너는 나를 닮았어'라고 말한 적이 있었어. 미안할 만큼 나는 아버지를 전혀 닮지 않았는데. '너희들, 내 욕을 했지?'라고 갑작스럽게 캐묻는 일도 있었어."

이윽고 낭독은 뚝 끊겨버렸다. 다이치는 밤에 유리가 1층 부부 침실로 향하면 자주 화장실에 가곤 했다. 화장실은 1층에 있었다. 그가 거기에서 혼자 무엇을 했는지는 모른다. 그는 이윽고 사나에 앞에서 속옷을 벗게 되었다.

"그게 처음으로 본 남자의, 커진 것이었어. 그건 아주 허망해 보였어. 뭔가를 견딜 수 없이 쏟아내고 싶어 하는 슬픈 것으로 보였어. 그는 내 앞에서 그걸 만지작거리면서 제 손으로 꺼냈어. 그리고 내게 말했어. '내가 이렇게 창피한 면을 보여줬으니까 너도 보여줘. 나만 이러면 불공평하잖아.'"

다이치는 어릴 때부터 매사에 민감한 아이였다. 하지만 무슨 문제가 생기면 우는 것이 아니라 지그시 고개를 숙이고 견디는 경향이 있었다. 그 견디고 있을 때의 표정이 아주 아름답다고 사나에는 항상 생각했다. 그는 그 나이대의 소년이 흔히 그렇듯이, 내면의 세계를 지키고 어른이 되는 것을 거부하려

185

하면서도 폭주하는 성에 혼란스러워하고 있었다. 일반적으로 소년은 그 성을 인정하고, 오히려 그 성을 달성하기 위해 외부로 눈을 돌리면서 어른이 되는 것을 받아들인다. 하지만 다이치는 그 성을 눈앞의 아름다운 여동생에게로 향해버렸다. 자기 자신을 기묘하게 사랑하던 그에게는 피를 나눈 여동생은 허용할 수 있는 존재이자, 오히려 가장 강하게 원하는 존재였다. 외부에 나다니고 싶지도 않고, 나갈 필요도 없었다. 학급 내의 가벼운 갈등을 겪으면서 그는 점점 학교에 가지 않게 되었다. 이윽고 거의 온종일 방 안에만 틀어박혀서 보냈다.

"그리고 그는, 앞으로 2년이 지나면 우리, 하자, 라고 말했어. 자신이 열일곱 살이 되고, 내가 열네 살이 되면, 다들 더러워져 있으니까 우리만의 세계에서 살자고. '**그러니까 그때까지 사나에는 어느 누구의 손을 타서도 안 돼. 누가 만지는 것도 안 돼. 더럽혀져 버리니까.**'"

사나에는 벽장 안에 들어가 자게 되었다. 자는 동안에 뭔가 당할까 봐 무서웠기 때문이다. 벽장 안에 들어가 미닫이문을 안에서 잠가버리면 열리지 않았다. 그 암흑 속에서 그녀는, 누군가 한 사람이 없어지면, 이라고 생각했다.

아버지가 없어지면 이 이상한 공간은 사라진다. 어머니가 없어지면 아버지도 이런 짓은 하지 않게 된다. 다이치가 없어지면 자신에게 오는 실제적인 피해는 없어진다. 내가 없어지면 두려움을 느끼는 이런 나도 없어진다.

누군가 한 사람이 없어지면.

18

그 무렵, 하교하던 아이들에게 수면제를 탄 주스병을 건네주는 변태 사건이 일어났다. 학교에서 돌아오던 사나에는 그자가 자신에게 주스병을 건네주었을 때, 큰 기쁨을 느꼈다.

"친구와 네 명이서 걷고 있었어. 그 사람이 '주스병 남자'라는 건 금세 알아봤어. 학교 선생님은 그런 사람을 만나면 가까운 곳에 있는 어른에게 도움을 청하라고 말했지만, 근처에 어른이라고는 없었어. 소문에 따르면, 고분고분 주스병을 받기만 하면 아무 짓도 안 한다고 했기 때문에 친구들도 머뭇머뭇 그걸 받았어. '주스병 남자'는 우리가 받는 걸 보고 만족스러위하는 것 같았어. 재수 없다고 툴툴대는 친구들의 주스까지 내가 대신 가져왔어. 내 손에 네 병이나 들어온 거야. 기뻤어."

만일 다이치가 다시 더 큰 것을 요구하며 덮쳐든다면, 이걸로 잠들게 할 수 있다. 사나에는 그렇게 생각했다. 잠들게 해도 문제는 해결되지 않지만, 아무튼 든든한 무기를 얻은 듯한 기분이었다. 그 무렵, 사나에는 잠들지 못하고 벽장의 좁은 어둠 속에서 공포에 휩싸였다. 그렇게 너무 무서울 때는 이걸 마시면 잠들 수 있다는 생각도 했다. 벽장문은 밖에서는 열지 못하니까 잠들어도 괜찮다고.

사나에는 다음 날 선생님에게 불려 갔고, 주스병은 모두 버렸다고 대답했다. 아버지와 어머니에게도 그렇게 대답했다. 하지만 다이치는, 사실은 갖고 있을 거라고 끈질기게 캐물었다. 사나에는 계속 고개를 저었다.

"그는 그걸 원했던 것 같아, 내가 그 주스를 마시는 거. 잠이 들면 내게 무슨 짓을 해도 들키지 않을 테니까. 아버지 어머니에게 일러바칠 일도 없을 테니까……. 하지만 결국 주스병을 갖고 있는 걸 그에게 들켜버렸어. 그는 시험 삼아 한번 마시게 해달라고 했어. 한 모금쯤은 마셔도 별일이 없지만, 3분의 1쯤 마시면 잠이 오는 것 같았어. 그는 그 뒤로 이따금 한 모금만 마시게 해달라고 말하곤 했어. 나는 그런 그가 무시무시하게 보였어. 한 모금이나 두 모금쯤 마시면 약간 멍해지면서 마음이 편해진다고 했어……. 다이치는 항상 혼자 뭔가를 굳게 믿어버리는 성격이었어. 나하고도 나중에 할 거라고 처음부터 굳게 믿고 있었어."

방범카메라는 다케시가 집에 없을 때도 항상 그의 존재를 느끼게 했다. 유리의 숨 막힘은 그녀의 정신을 더 이상 견딜 수 없는 무게로 짓누르기에 이르렀다. 어느 날, 유리가 다이치와 사나에에게 카메라를 바꿨다고 말했다. 남편을 혼란에 빠뜨리지 않고 파란도 일어나지 않게 해결하려면 그것밖에 방법이 없었다. 그런 이야기를 나눈 것은 다케시가 직장에서 돌아오기 직전, 다이치와 사나에가 학교에서 돌아온 직후의 아주 잠깐 사이였다. "카메라가 지켜보는 건 숨이 막히잖아. 그래서 조금 손을 봐달라고 했어." 유리는 어디까지나 재미있는 얘기처럼 말했다. 뒷문에 있는 카메라를 누군가에게 부탁해 고쳐달라고 했다. 간단한 작업이었다. 하루 주기로 되감아 새로 찍히던 테이프를 영상은 그대로 두고 날짜만 바뀌게 했다. 영상에 관한 회선을 차단하고 날짜만 기능을 유지하도록. 그날부터 뒷문의 방범카메라에는 새로운 장면이 찍히지 않게 되었다. 뒷문 쪽을 찍는 카메라의 풍경은 날짜에 따른 변화가 있을 리 없어서 혹시 테이프를 확인하더라도 들킬 염려가 없었다. 그것은 유리와 다이치와 사나에만이 공유하는 비밀이었다. 식구들 중에서 어리석은 다케시만 빼고, 아름다운 세 사람이 공유한 비밀이었다.

"어머니는 카메라 때문에 답답해지면 이제부터 뒷문을 이용하자고 말했어. 방범카메라가 설치된 뒤부터 왠지 집 밖에 나가지 않는 나와 오빠의 변화를 눈치채고 있었던 거야. 어머니가 누구에게 카메라를 손봐 달라고 부탁했는지는 모르겠어. 하지만 과거의 인맥을 활용해 가전제품을 개발하는 사람이라든가 기계를 잘 아는 사람에게 부탁했던 것 같아. 어머니는 과거에 프로야구 선수나 텔레비전 캐스터와도 교류가 있었을 만큼 인맥이 넓은 사람이었으니까. 어머니의 그 인맥은 내게는 늘 수수께끼였어. 즉 그 방범카메라의 간단한 변경 작업은 어머니의 과거에서 온 것이었어."

그 일로 자꾸만 가라앉던 집안 분위기는 아주 조금 가벼워진 것 같았다. 하지만 그것도 오래가지 않았다. 오히려 점점 더 추해지듯이 가족을 뒤덮은 공기가 다시 묵직해지기 시작했다.

"어머니는 아버지가 없을 때, 그 뒷문으로 밖에 나가곤 했어. 어머니가 바람을 피운 것인지 뭔지는 모르겠어. 하지만 카메라를 손봐 준 사람이라든가 그걸 소개해 준 사람 등에게 답례를 겸해서 만나는 정도는 했을 거야……. 그런데 어머니는 그즈음부터 갑자기 우울해졌어. 교류가 다시 시작되면서 자신의 생활이 얼마나 비참한지 새삼 인식했던 것인지도 모르지. 어머니는 결국 다시 집 안에 틀어박혔어. 그리고 청소를 시작했어."

다이치는 어머니가 바람을 피운다고 사나에에게 계속 말했다. 근거가 있는 것은 아니었다. 하지만 뒷문으로 살짝 나가는 어머니의 모습은 아이들의 눈에 이상하게 비쳤다. "그러니까 이제 아버지 어머니에 대해서는 신경 쓸 거 없어"라고 그는 말했다. "다들 더러워졌으니까. 우리만 청결하니까."

다이치의 등교 거부를 유리는 크게 걱정했지만, 다케시는 별다른 관심을 보이지 않았다. 오히려 아들이 종일 집에 있으면 어머니를 감시하게 만들 수 있다고 생각했는지도 모른다. 다케시는 이제 아내를 사랑해서 감시하는지, 아니면 감시하는 행위가 자신의 내면에 뙈리를 틀어서 그렇게 하지 않으면 불안해지는 정신 사이클 때문에 감시를 위한 감시를 하는 것인지, 그 스스로도 알지 못했다. 다이치는 더 이상 부모와는 대화조차 하지 않았다. 오로지 사나에에게만 자신의 내면을 열어 보였다. 지나칠 만큼.

"그는 내게 키스를 하고 옷 위로 가슴을 더듬고 자신의 성기를 꺼내곤 했어. 이런 말은 좋지 않지만, 어린 나는 그게 재미있었어. 장난치는 듯한 느낌인 게 즐거웠어. 하지만 그 이상은 너무 무서워서, 항상 그가 그 이상 하려고 할 때는 아버지와 어머니에게 이르겠다고 말했어. 그가 얘기한 2년 후에도 그 이상은 절대 안 할 거라고. 그리고 왜 그런 말을 했는지 모르겠지만, 2년 후에는 너보다 더 멋진 사람과 사귈 거고, 그 사람에게 하게 해줄 거라고 말했어."

사나에는 때때로, 지금까지의 일을 아버지와 어머니에게 이르겠다고 위협하곤 했다. 그때마다 다이치가 크게 낭패하며 쩔쩔매는 모습이 재미있었기 때문이다. 궁지에 몰린 다이치를 보고 있으면 가슴이 조여왔다. 하지만 그건 사나에에게는 기분 좋은 일이기도 했다. 뭐든 시키는 대로 다 해주는 게 즐거웠다. 열두 살의 사나에 안에 뭔가가 싹트고 있었다.

"다이치는, 그자들을 죽여버릴 거라고 자꾸 말하게 되었어. 그자들이란 아버지와 어머니야. 언젠가 다이치가 쓰던 노트를

본 적이 있어. 그는 비좁고 힘든 장소에 빠져 있었어. 내가 벽
장의 좁고 힘든 장소에 있었던 것과 마찬가지로. 나는 그런 그
를 보면서도 막다른 곳에 몰아넣었어. 막다른 곳에 몰아넣으
면 안 된다는 걸 알면서도, 그렇게 하고 싶었어. 누군가 한 사
람 없어지면, 이라고 나는 계속 생각했어. 나를 구해줄 '히어
로'를 멍하니 머릿속에 떠올리면서."

그 히어로는 키가 크고 멋진 남자이며 어린 사나에를 이 집
에서 구출해 줄 존재였다. 당시에 읽던 순정 만화의 온갖 멋진
남자를 뒤섞은 사나에만의 존재였다. 나는 그 남자와 결혼하
고, 어딘가 먼 곳에서 모두의 부러움을 받으며 살아갈 것이다.
그런 몽상에 빠졌다. 차차 사나에는 다이치가 만지는 것도 거
부하게 되었다. 다이치도, 자신도, 모든 것이 답답하게만 느껴
졌다. 그즈음 이웃에서 빈집털이 사건이 일어났다.

더운 여름철, 열린 창문으로 침입해서 주인에게 발각되면
권총 같은 것으로 위협하며 비닐 밧줄로 꽁꽁 묶어놓고 현금
을 빼앗아 가는 고전적인 빈집털이범이었다. 한동네에서 연달
아 몇 건이 일어나자 집집마다 철저히 문단속을 하게 되었다.

"그 빈집털이범이 나의 히어로라고 생각한 건 아니야. 하지
만 외부에서 다가오는 그 존재를 나는 점점 머릿속에 그려보

곤 했어. 왜 그런 짓을 했는지 모르겠는데…… 나는 어느 날, 뒷문의 자물쇠를 한밤중에 살짝 열어두었어. 가슴이 두근두근 했어. 뭔가가 이 집에 들어올 거라고 생각하면. 이 숨 막히게 답답한 집 안에. 질식할 것 같은 내 인생 속에. 그리고 이렇게 도 생각했어. **나는 벽장에서 자고 있으니까 나만은 무사할 거 라고.** ……두근거리는 가슴으로 벽장 안에 들어가면 몸이 후 끈해지곤 했어. 사타구니에 베개를 밀어 넣으면 한결 마음이 놓이고 기분이 좋아졌어……. 아직 열두 살인 나는 다이치 때 문에 이상해졌었는지도 모르지. 하지만 아무 일도 일어나지 않았어."

　방범카메라는 현관과 마당으로 통하는 유리문 쪽 등 외부 에 설치되어 있었지만, 부부 침실과 뒷문에는 바깥에 설치할 곳이 없어 집 안쪽에 달려 있었다. 방범 목적이 아니라 아내를 감시하기 위한 것이었기 때문에 다케시는 안이든 밖이든 상 관하지 않았다. 방범카메라가 있다는 것은 그만큼 귀중한 물 건이 있다는 뜻으로도 해석되었다. 아내 유리는 이웃에 소문 난 미인이기도 했다. 야만스러운 빈집털이범이 충분히 관심을 가질 만한 집이었다. 하지만 아무 일도 일어나지 않았다.

　"다음 날, 나는 몹시 안타까운 심정이었어. 왜 그런지 **아무**

도 나를 봐주지 않는다, 라는 생각이 들었어. 다이치는 종일 자기 방에서 게임을 하거나 텔레비전을 봤는데, 어느 날인가 게임기와 텔레비전을 부숴버렸고 그 뒤부터는 프라모델을 만들기 시작했어. 기성 제품의 프라모델을 분해해서 기묘한 형태로 조합하고 색을 칠해서 으스스한 것을 만들어내는 거야. 그는 그걸 신神이라고 말했어. 수없이, 수없이, 팔다리가 기묘한 곳에 붙어 있는 복잡한 물체가 방에 줄줄이 늘어섰어. 내가 '히어로'를 기다리는 것과는 달리, 다이치가 믿은 것은 다신교였어……. 그리고 색종이를 잔뜩 사다가 풍선이며 학을 접었어. 그런 물체를 만들거나 종이접기를 할 때는 항상 장갑을 꼈어. '더럽혀지면 안 되니까'라면서. 주방에서 쓰는 투명한 일회용 비닐장갑. 종이접기는 신께 바치는 공양물, 이라고 그는 곧잘 말했어. 원래부터 어딘가 이상하던 그가 이제 정말로 돌아버렸다고 생각했어. 어머니는 이상한 청소를 하고, 한편에서 오빠도 이상한 것을 청결한 손으로 만들어내고 있었어. 바람이 잘 통하지 않는 장소에 줄곧 고여 있던 그의 의식이 성욕이라는 질척질척한 어두운 부분에 질질 끌려다닌 것처럼, 그 줄줄이 만들어낸 온갖 어두운 부분을 '다신多神'으로서 밖으로 토해내지만 그 '다신'에게 이번에는 외부에서도 지배당하는 것처럼. 나는 아버지의 라이터와 주방에 있는 석유를 아주 조금만 덜어다가, 학교에서 돌아오는 길에 집 뒤편에서 조금만 더 가면 나오는 지저분한 옛 공장터로 갔어. 전에는 오빠와 거기서 함께 놀았지만, 이제는 나만 아는 비밀의 장소였어. 그곳에서 마른 나뭇가지며 쓰레기, 낙엽에 불을 붙여 태우는 놀이를 이따금 했어. 나도 남의 말을 할 처지는 아니었어. 그렇게 하면 뭔가 속이 풀렸으니까. 어린애의 장난일 뿐이었지만, 불을 붙이면 물건이 사라진다는 것을 알았어. 나를 둘러싼 여러 가지 것들이 불에 타 사라지는 장면을 머릿속에 그려보곤 했어⋯⋯. 그 용서 없는 불이라는 것에 나는 점점 홀려들었어. 불은 처음에 붙여주기만 하면 스스로 뜨겁게, 제멋대로 커져서 겁 많은 내가 중간에 마음이 바뀌어 꺼버리려고 해도 돌이킬 수 없는 힘으로 모든 것을 태워버리는 거야⋯⋯. 나는 흠뻑 빠져들었어. 왜소한 나만을 남겨두고 모든 것을 태워버리는 그 용서 없는 힘에."

그 무렵, 유리는 다케시와 함께 자는 것을 거부하고 있었다. 주방이나 거실에서 그저 버티는 식의 집안일을 계속하면서 남편이 깊이 잠들 때까지 기다렸다가 침실에 들어가는 것이었다. 하지만 다케시는 언제까지고 깨어 있었다. 그는 어느 틈엔가 집에 돌아와 있곤 하는 일이 많아졌다. 가족들이 자신의 험담을 하거나 자기만 놔두고 모두 함께 도망치는 것을 염려하는 사람처럼 뒷문으로 몰래 들어온 다음 화장실에 숨어서 가족들의 목소리에 귀를 기울이고 있기도 했다. 그러다가 들키면 장난을 친 것처럼 웃어댔지만, 유리도 다이치도 사나에도 웃을 수 없었다. 다케시는 어쩌면 유리의 카메라 설정 변경을 눈치챘었는지도 모른다. 그래서 장난인 것처럼 뒷문으로 살짝 들어오곤 했는지도 모른다. 침실에서 말다툼하는 소리도 들려왔다. 그 소리가 들리면 사나에는 벽장으로 들어가고, 다이치는 '다신'을 만들었다. 다이치는 사나에에게서 수면제를 얻어가는 빈도가 잦아지고, 아주 조금 마시고는 멍해진 표정으로 사나에를 빤히 응시하곤 했다. 밤에는 사나에의 방에 찾아왔다. 그때마다 그녀는 벽장 너머로 거부했다. 베개를 사타구니에 끼워 넣은 채. 그리고 아버지와 어머니에게 지금까지의 일을 모두 말해버리겠다고 연약한 다이치를 위협했다. 그가 겁에 질려 미안하다고 사과하는 소리를 들으며, 베개를 좀더 꼭꼭 끼워 넣었다. "그자들을 죽이면 돼"라고 다이치는 수없이 약한 자 특유의 큰소리를 치곤 했다. 사나에는 그때마다 "저지를 용기도 없는 주제에"라고 쏘아붙였다. 다이치는 이따금 "출구"라는 말을 중얼거렸다. "강해질 거야", "아무것도 문제가 안 될 만큼⋯⋯."

사나에는 뒷문의 자물쇠를 푸는 것뿐만 아니라 아예 문을 열어두기도 했다. 무더운 날씨에 바람이 통하게 하려고 부주의하게 문을 열어둔 집처럼. 한밤중이 되면 사나에는 조용히 계단을 내려가 벽돌을 뒷문 틈새에 끼웠다. 밤새 잠을 설친 사나에는 아침이 되면 누구보다 일찍 깨어나 그 문을 원래대로 돌려놓았다. 그 행위는 이제 어린애가 하는 주술 같은 것이 되었다. 제각각 좁은 세계 안에 갇혀 있는 가족들은 어느 누구도 그것을 눈치채지 못했다. 하지만 '히어로'는 오지 않았다. 빈집털이 사건은 이웃 동네로 옮겨갔고 그쪽 동네가 단단히 경계에 들어갔을 무렵, 지역 뉴스에 크게 실렸다. 범인은 궁지에 몰려 있었다. 사나에는 계속 기다렸다. 다이치를 벽장 너머로 거부하고, 학교에서 돌아오는 길에는 시든 나뭇가지를 불태우면서.

다이치의 등교 거부를 걱정한 학교 측의 제안으로 그는 정신과에 다니게 되었다. 하지만 그는 내면을 닫아걸었다. 사나에는 뒷문을 열어놓고 계속 기다렸다. 한 달을 기다리고 두 달을 기다렸다. 한밤중에 뭔가 소리가 났다.

19

그 소리는 확실하게 이물의 소리로서 사나에의 귀에 들어왔다.

벽장의 비좁은 어둠 속에서 사나에의 청각은 맑게 벼려져 있었다. 그것은 명백히 평소에 들리던 소리가 아니었다. 평소와는 다른 인간이 내는 소리였다. 그 소리가 방아쇠가 된 것처럼 1층 아버지 어머니 방의 미닫이문이 열렸다. 마침내 온 게 아닐까, 라고 사나에는 생각했다. 이물이 왔다. 그리고 아마도 그 소음을 수상쩍게 생각한 아버지가 무슨 일인지 보러 나온 것이라고 생각했다. 사나에의 예감을 그대로 더듬듯이 아버지의 짧은 부르짖음과 함께 누군가 쓰러지는 소리가 났다. 둔탁한 소리가 이어졌다. 인간이 인간을 때리는 소리. 어머니의 비명이 들렸지만 그것은 금세 멎었다.

"가슴이 두근거렸어. 곧바로 벽장문을 열고 나가보려고 했지만 몸이 움직이지 않았어. 그래서 난 움직이지 않아도 돼, 라고 생각했어. 여기 있으면 안전하니까. 이곳은 안전한 곳이니까…… 나는 천천히 베개를 내 다리 사이에 끼웠어. 몸이 뜨거워져 갔어. 하지만 무서워서, 너무 무서워서 어떻게 할 수가 없었어. 몸이 벌벌 떨리고 나는 울음이 터져버렸어. 그리고 벽장 안에 숨겨둔 주스병이 생각났어."

사나에는 그것을 마셨다. 많이 마시는 건 무서워서 4분의 1 정도만. 하지만 아이가 잠들기에는 지나칠 정도로 충분한 양이었다. 머리가 갑작스레 무거워졌다. 잠들기 직전에 생각한 것은 이대로 눈을 뜨지 않았으면 좋겠다는 것과, 내 탓이 아니야, 라는 누군가의 목소리였다. 이윽고 사나에가 몽롱한 잠에서 깨어났을 때, 다시 인간이 인간을 때리는 소리가 귀에 들어왔다. 누군가의 싸우는 소리도.

"반복되는 거라고 생각했어. 아까 그 소리가 다시 들린다고……. 하지만 아니었어. 다른 소리였어."

사나에가 잠든 동안 그 침입자는 다케시와 유리를 밧줄로 묶어놓고 방 안을 뒤졌다. 하지만 다케시는 집 안에 현금을 저장해 두는 습관이 없었다. 통장에서 돈을 빼내는 건 어렵다. 침입자는 다케시의 현금카드를 빼앗고 위협해서 비밀번호를 실토하게 했다. 하지만 그 번호가 맞는지 확실하지 않았기 때문에 유리의 얼마 안 되는 보석도 챙겼다. 침입자는 뒷문으로 사라졌다. 하지만 그 모습을 계단 위에서 다이치가 엿보고 있었다.

　"나중에 알았지만, 다이치는 내내 그걸 엿보고 있었어. 침입자가 나갔을 때, 그는 계단을 내려갔어. 꽁꽁 묶인 아버지와 어머니를 본 거야. 명백히 강도가 들었다는 것을 알고 있었어……. 그런 상황이라면 죄를 강도에게 뒤집어씌울 수 있겠지. 그는 부엌칼을 손에 들고 있었어. 비닐장갑을 끼고……. 그걸로 두 사람을 찔렀어. 힘이 부족해서 몇 번이나 찌르지 않으면 안 되었어. 하지만 그때 침입자가 다시 돌아왔어. 피투성이가 된 다이치에게로."

　아마도 그 침입자는 유리의 아름다움이 눈에 어른거려 견딜 수 없었을 것이다. 자신이 이제 슬슬 체포되리라는 것도 각오하고 있었다. 지금까지의 범행을 생각하면 여자에게 덤비는 성향은 아니었지만, 궁지에 몰린 강도를 미쳐버리게 할 만큼 유리는 아름다웠다. 하지만 그의 눈에 뛰어든 것은 자신이 꽁꽁 묶어둔 두 사람을 칼로 찌른 소년의 모습이었다. 소년은 손에 칼을 들고 침입자에게 덤벼들었다. 현장을 목격당했기 때문에. 자신이 저질렀다는 것을 외부에 들켜버렸기 때문에. 범인에게 범인이 목격당한 기묘한 구도였다. 침입자는 놀라서 소년을 두들겨 팼다. 몸집이 큰 침입자에게 소년 따위, 상대도 되지 않았다. 침입자는 소년에게서 칼을 빼앗고 집요하게 들러붙는 소년을 몇 차례나 두들겨 팼다. 그리고 칼을 든 채 도망쳤다. 빼앗는 과정에 자신의 지문이 찍혀버린 칼을 남겨두고 갈 만큼 바보는 아니었다.

"내가 멍해진 채 계단을 내려갔을 때…… 피투성이의 다이치가 웅크리고 있었어. 아버지와 어머니가 쏟은 피가 그의 옷에 묻어 있었어. 그 피는 속이 메슥거릴 만큼 진득하게 굳어 있었어. 다이치는 어머니 옆에 서 있었어. 그가 어머니의 옷을 벗기기 시작했어. 마치 미래의 내 몸을 확인하듯이."

다이치는 멀거니 사나에를 바라보았다. 사나에도 그저 멍해진 채 그 모습을 바라보았을 뿐이다.

"그는 '해치웠어'라고 말했어. 하지만 핏기 없는 얼굴로 '들켰어, 들켰다고'라고 중얼거렸어. 자신에게 튄 피에 겁이 나서 혼란에 빠졌는지, 이건 씻을 수 없다, 깨끗이 씻어야 한다, 라고 되풀이해서 말했어…… 그는 욕실에 가서 옷을 갈아입었어. 청결은 그의 병이었으니까…… 그걸로 마음이 좀 안정되었는지, 정화할 거야, 라고 의미를 알 수 없는 말을 했어."

그는 자기 방으로 돌아가 몇 개의 자루에 넣어둔 대량의 종이학을 가져왔다. 그것들을 방에 뿌리기 시작하는 그를, 그 이상한 광경을, 사나에는 울면서 지켜보고 있었다. 의식이 끊길 것만 같았다. 그는 자신이 저지른 짓을 사나에에게 설명했다. "오래 전부터 이렇게 하는 걸 상상해 왔는데"라고 말했다. "왜 이런 거지? 이렇게까지 내 상상과 정확히 맞아떨어지다니."

"그 기묘한 의식이 끝나자 그는 내게 매달려 울기 시작했어. '나는 이제 경찰에 잡혀갈 거야'라면서. '하지만 방해물은 사라졌어'라고도 말했어. '출구야, 출구라고.' 그는 덜덜 떨면서 나를 원했어…… 아마 나는 그를 받아들였어야 했겠지. 어린 내가 어디까지 가능했을지는 알 수 없지만, 나는 적어도 그를 안아주었어야 했어. 하지만 나는 무서워서 저항했어. 사람을, 아버지와 어머니를 살해한 그가 무서워서. 그 살인의 계기를 만든 건 나였는데, 그런 그를, 무책임하게도, 무섭고 너무 싫어서……. 그는 내 어깨를 거칠게 잡아 흔들었지만, 저항하는 나를 어떻게도 할 수 없어서 내 옷 위에 쏟아버렸어. 쏟은 뒤의 그는, 마주 바라볼 수도 없을 만큼 비참했어. 그 이상 비참한 존재는 없을 만큼. 자신의 능력을 훨씬 뛰어넘는 짓을 저지르고, 뒤로 물러서지도 못하고 받아들이지도 못하고, 그저 몸을 웅크리는 것밖에 하지 못하는 모습을 뭔가에 고스란히 들켜버린 것 같았어……. 내게, 자기 방 책상 서랍에 있는 검은 약병을 가져오라고 했어. 그가 미리 준비해둔 어떤 독약이었어. 그건 원래 어머니 것이었어. 어머니가 카메라 설정을 바꾼 것을 우리에게 말했을 무렵에 다이치가 어머니 옷장 안에서 찾아냈어. 카메라를 바꿨을 때와 마찬가지로 그건 어머니의 과거에서 온 것이었어. 다이치는 무기니 뭐니 하는 책도 엄청나게 읽었지만, 자살이나 독극물에 관한 책도 많이 읽었어. 라벨에 영어밖에 표기되지 않은 그 약병이 시안화물류의 독극물이라는 것도 알고 있었어. 약병의 내용물을 물과 바꿔치기해서 어머니의 옷장에 다시 넣어뒀어. 어머니가 무슨 생각을 했는지는 모르겠지만, 다이치는 독약을 손에 넣었다고 크게 흥분했었어. 실제로는 너무 겁이 나서 벌벌 떨면서."

사나에는 그런 다이치의 요구에 응하지 말았어야 했다. 움직이지 못하는 그를 그대로 둔 채 경찰이든 어디든 전화를 했어야 했다. 하지만 사나에는 다이치의 방에 가서, 기괴한 프라모델이 줄줄이 늘어선 그 기묘한 방에 가서 약병을 가져왔다. 다이치가 죽기를 바랐었는지, 그건 사나에도 알지 못했다. 그저 비참한 꼴로 애원하는 다이치의 요구에 응했다. 의식도 흐릿했었다. 머릿속에 계속 울려 퍼진 것은 '네 탓이 아니야'라는, 끊임없이 들려오는 누군가의 목소리였다. 그것은, 잘은 모르겠으나, 사나에의 무의식의 목소리였는지도 모른다. 의식을 정상으로 유지하려는 자기방어의 목소리. 어쩌면 '히어로'로부터의 목소리.

"다이치는 내게도 마시라고 했어. 함께 죽자고, 울면서 그는 말했어. 나는 아무 말도 못한 채, 그냥 무섭고 무서워서 견딜 수가 없었어. 어쩌면 그는 내 침묵을 승낙이라고 해석했는지도 모르겠어……. 내가 보는 앞에서 독약을 마셔버렸어. 그는 너무도 큰 고통에 깜짝 놀란 얼굴로 나를 보면서, 목구멍에 뭔가 걸린 것처럼, 뭔가를 토해내려고 하는 것처럼 허리를 꺾었어. 목구멍과 얼굴의 핏줄이 엄청 튀어나오고, 입을 헤벌린 채, 웃는 것처럼 얼굴을 일그러뜨리고 주저앉아 버렸어. 잠시 뒤 주위에 그의 오줌 냄새가 퍼지고……. 하지만 나는 그 약을 먹지 않았어. 머리가 마비된 것 같은, 쥐가 난 것 같은 이상한 느낌이었어. 한참이나 서 있지도 못했는데, 문득 깨닫고 보니 나는 서 있었어. '들켜서는 안 된다'고 내내 생각했어. 그 감각 만이 머릿속에 남아 있었어……. 나는 뒷문으로 걸어가 안쪽에서 문을 닫고 열쇠를 채웠어. 침입자가 다시 돌아올지도 모르니까. 그곳에 있던 구두는 아버지 것이었는데, 깜빡 침입자의 것인 줄 알고 집어 들었어……. 문이 열리는지 어떤지를 보기 위해서만 있었던, 어둠 속의 방범카메라를 침입자는 알아차리지 못했어. 하지만 어쨌거나 그 카메라에는 아무것도 찍히지 않았지……. 보통 그런 카메라는 침입자가 손을 대거나 떼어내지만 우리는 제 손으로 그렇게 했으니까……. 머릿속에서는 '네 탓이 아니야'라는 말이 최면처럼 들려왔어. 나는 다이치의 손에서 떨어진 검은 약병을 주워 들었어. 이걸 가져다준 건 나니까 어딘가에 버려야 한다고 생각했어. 그리고 뭔가 퍼뜩 생각나서 다이치의 방으로 올라갔어……. 내가 무엇을 생각해 냈는지는 방에 들어가고 나서야 알았어. 그의 노트를 내다 버리기로 한 거야. 거기에는 내 초상화와 내 나체 그림이 그려져 있었으니까……. 그의 으스스한 프라모델도 쓰레기

봉투에 넣고 살짝 밟아서 쓰레기통에 넣었어. 그 '다신'의 시선이 뭔가의 증인처럼 느껴져서 무서웠어. 거실에 흩어진, 범인이 남긴 찢어진 장갑 같은 천과 밧줄이 눈에 들어왔어. 그를 불러들인 건 나니까 이 밧줄도 아무에게도 들켜서는 안 된다고 생각해서 그것도 모두 주워 들고 목욕탕으로 갔어. 목욕탕에는 아까 다이치가 벗어둔 피 묻은 옷이 있어서 나는 자꾸만 좁아지는 시야에 들어온 그것도 챙겨 들었어. 노트를 한가운데에 넣고 기름으로 불을 붙였어……. 왠지는 모르겠지만, 불만 피우면, 모든 것을 태우기만 하면, 모두 사라질 거라고 생각했어. 나를 둘러싼 뭔가가 다 사라진다고……. 하지만 구두도, 옷도, 전부는 태우지 못하고 잔해가 남아버렸어. 욕실에도 불태운 흔적이 남았고. 그건 누가 보건 수상쩍었지만, 어린 나로서는 거기까지 계산하는 건 불가능했어. 나는 그 불에 탄 잔해와 약병을 봉투에 넣고 한참 동안 어쩔 줄 모르고 서 있었어. 이윽고 작은 마당에 나가 파묻어 버리자고 생각했지만, 아무래도 그건 너무 버거운 일이었어. 삽도 없고 다른 도구도 없고, 그런 게 어디 있는지도 알지 못했어. 도랑에 내버릴까도 생각했는데, 항상 불장난을 하던 작은 공장 터가 퍼뜩 생각났어. 그곳이라면 그리 멀지는 않으니까. 드럼통이며 천 조각,

온갖 잡동사니가 버려진 그곳에 쓰레기봉투 안의 거뭇거뭇한 내용물을 내버렸어. 남은 봉투만은 내내 움켜쥐고 있었는데 중간에 깨닫고 길가에 버렸어. 나는 내 방에 돌아와서 벽장 안에 들어가 다시 수면제 주스를 마셨어. 다이치 때문에 지저분해진 파자마가 생각나서 웃옷만 갈아입고. 눈을 뜨면 모든 게 끝나고 원래대로 돌아가 있을 거라고 생각했어. 그곳에는 살해되기 전의 아버지와 어머니가 있고…… 아니, 그게 아니라 **그런 아버지가 아닌 아버지가 있고, 그런 어머니가 아닌 어머니가 있고, 그런 오빠가 아닌 오빠가 있을 거라고……**. 어디에라도 있는 가족이 그곳에 있을 거라고……. 하지만 눈을 떴을 때, 모든 게 그대로였어……. 그래서 전화했어. 경찰에 전화하는 건 무서워서 할아버지네 집에."

그리고 경찰이 현관문을 부수고 히오키의 집에 들어왔다. 사나에는 누가 어떤 말을 물어도 입을 열지 않았다. 질문 세례에 울음이 터질 것 같을 때마다 어른들이 구해주었다. 어린애를 심문하는 거냐고 따지는, 정의감 넘치는 변호사들이었다. 그녀는 그들의 보호막 뒤에 숨을 수 있었다.

"와타리베라는 사람이 체포되었을 때, 왜 그런지 모르겠지만 나도 그가 범인이라고 생각했어. 그 남자가 우리 집에 들어와 아버지와 어머니를 죽이고 오빠도 죽였다. 하지만 동시에 **커다란 사람**이 집에 들어와 아버지와 어머니와 오빠를 죽이는 꿈을 수없이 꾸었어. 나는 무서워서 벽장 안에서 벌벌 떨면서, 그 **커다란 사람**이 나의 '히어로'와는 전혀 비슷하지도 않고, 내가 토해낸 오물에서 솟구친 것이라고 깨달으면서, 항상 눈이 뜨이는 거야. 나의 '히어로'는 어딘가로 사라져서 더이상 나를 지켜줄 수 없었어. 와타리베라는 사람이 석방되었다는 소식에 나는 내가 한 짓들이 들통날까 봐 무서웠어. 하지만, 언젠가 죽을 거니까, 라고 마음속에서 누군가에게 말한 뒤부터 안심이 됐어. 언젠가 죽을 거니까. 언젠가 죽을 거니까⋯⋯. 나는 할아버지네 집에서 살다가 그다음에는 친척 집에서 살았고, 수없이 전학을 했어. 몇 달쯤 지난 뒤에 경찰에서 다시 찾아왔었어. 아직도 어떻게든 와타리베라는 사람을 범인으로 만들려고 하는 것 같았어. 그리고 그제야 밝혀낸 듯이 뒷문의 방범카메라는 원래부터 집에 있었던 것인지, 그 카메라의 설정 변경에 대해 뭔가 아는 게 있는지, 끈질기게 내게 물었어. 경찰 입장에서는 카메라를 그런 식으로 손댄 것 자체도 불가해한 일이었을 거야. 나는 아무것도 모른다고 말했어. 질문이 길어지면 울부짖듯이 엉엉 울었어. 그 뒤에도 다양한 사람들이 내게 질문을 해댔어. 하지만 그때마다 주위에서 나를 지켜줬어. 아직 어린애니까, 그 아이는 피해자의 유족이니까, 라고."

그녀가 이전에 내게 말했던 '범인을 만났다', '10년 후에 만나러 온다고 했다'라는 건 거짓말이었다. 아니, 거짓말이라기보다, 그건 사건 후에 그녀의 혼란스러운 의식이 지어낸 몇 가지 스토리 중 하나였다.

"나는 중학교, 고등학교로 진학했어. 어머니 성씨를 쓰면서⋯⋯. 사건이 보도되었을 때의 내 이름이 가명이었으니까 괜찮을 줄 알았는데, 왜 그런지 출처를 알 수 없는 소문이 퍼지곤 했어⋯⋯. 그때마다 전학을 했어⋯⋯. 나는 그런 가운데서 다이치의 흔적을 찾아다녔어. 다이치의 분위기를 풍기는 남자를, 찾아다녔어. 생김새나 인상, 정체 모를 혼란을 내면에 떠안고 있는, 진흙탕 같은 혼란을 떠안고 있는, 그런 남자를⋯⋯. 그런 남자는 아주 많았어. 정말 많았어. 그중에서 다이치의 느낌이 나는 사람을 볼 때마다 나는 끌려들었고 그중 몇 명에게는 강한 연애 감정을 품었어⋯⋯. 다이치에게 지은 죄를 그들에게 대신 갚으려고 했는지, 아니면 애초에 내가 다이치를 좋아했는지, 혹은 다이치를 닮은 그들이 내게 복수해

주기를 바랐는지, 뭐가 뭔지 모르는 채……. 하지만 나는 그
들에게 나서서 말을 붙일 수 없었어. 무서웠으니까. 나 자신
도 무섭고 상대도 무서웠으니까. 그냥 멀리서 지켜보기만 하
고……. 그러다가 좋아하는 것도 뭣도 아닌 다른 남자들이 원
하는 대로 만나줬어. 그렇게 해서 나 자신을 망가뜨리고 싶었
는지도 모르지……. 결혼을 하고 당연한 듯이 이혼을 했어. 이
제 그만 충분하다고 생각했어. 언젠가 죽을 거니까, 라고 생
각하면서 살아가는 건 자연스럽지 않아. 나이는 삼십대가 되
어 있었어. 이런 내가 서른 살까지 살다니, 잘못되었다고 생각
했어. 죽을 용기 따위는 없었지만, 이건 그런 문제도 아니었
어……. 하지만 이혼하면서 위자료를 잔뜩 받고 그 통장의 돈
을 멍하니 바라보면서 퍼뜩 생각난 게 있었어."

그녀는 그때까지 두 번, 죽으려고 시도했다. 손목을 긋는 것
은 **어머니의 반복인 것 같아서** 무서웠기 때문에 높은 데서 뛰
어내리려고 했다. 하지만 용기가 없었다.

"내가 다이치를 그리워하면서 강하게 끌렸던 사람들은 지
금 어디서 무엇을 하고 있을까……. 그런 생각이 들었어. 성장
한 다이치의 모습을 보고 싶었는지, 아니면 그들을 만나 나 자
신의 뭔가를 이루려고 했는지, 대체 뭔지는 모르겠지만…….

중학교, 고등학교, 아르바이트하던 곳, 직장……, 여러 곳이 생각났어. 인터넷으로 이름을 검색해 봐도 나오지를 않았어. 그래서 위자료로 받은 돈으로 탐정 사무실에 이 일을 의뢰했어. **대대적인 검문처럼.** 아홉 명이 있었는데, 그중에 도쿄에서 살고 독신인 사람은 두 명뿐이었어."

그녀는, 나중에 행방불명이 된 그 남자의 소재지를 알아내고 우연을 가장해 만나러 갔다. 그녀가 끌렸듯이 그도 그녀에게 끌려들었다. 마치 서로가 똑같이 으스스한 성분을 가진 것처럼.

"하지만 그는 사라져 버렸어. 사라져 줘서 크게 안도하는 나 자신이 있었어. 나는 그에게서 무엇을 찾으려고 했는지 확실하지도 않은 채 그를 몰아붙였어. 예전에 다이치에게 했던 것처럼. 그리고 다시 뭔가를 찾아보려고 당신을 만나러 갔어. 당신은 중학교 때, 분명 기묘한 것을 떠안고 있었던 것 같은데, 조금씩 조금씩 겉으로만 정상이 되어가는 모습이 신기했어……. 오랜만에 만나서, 당신이 음울하게, 원래대로 돌아가는 것을 지켜봤어. 나는 잔인하게도 아주 기뻤어. 그리고 당신에게 강하게 끌렸어. 정말로 연애인지 어떤지도 알지 못할 감정인 채로……. 하지만 이제 나는 지쳤어. 나는 남을 불행하게 만드니까……."

이 이야기에는 불가해한 점이 두 가지가 있었다.

하나는, 어떻게 그녀는 다이치가 죽은 직후, 그 이상한 시간
속에서 침입자와 다이치의 흔적을 지워버리는 행동을 취할
수 있었는가, 하는 것이다. 이를테면 밧줄 조각 하나라도 발
견되었더라면 최소한 이 사건과 빈집털이 사건이 연결되었을
것이다. 아무리 집 근처의 잘 아는 장소라고 해도, 캄캄한 어
둠 속에서 급작스레 공장터까지 갈 생각을 할 수 있을까? 거
칠고 즉흥적인 행동이었을 텐데도 그것이 모조리 사건을 혼
란에 빠뜨리는 결과를 낳았다. 그녀의 행동은 어딘지 지나치
게 논리적이다. 나는 한 가지 의심을 품었다. **그녀는 마치 리
허설이라도 거친 것 같다**, 라고.

또 한 가지는, 다이치는 어떻게 아버지와 어머니를 죽일 수
있었는가 하는 것이다. 설령 꽁꽁 묶인 두 사람이 눈앞에 있었
다고 해도, 인간을 실제로 죽일 수 있을까. 물론 그런 사건이
넘치도록 많기는 하다. 소년의 살인은 드문 일이 아니다. 살해

214

한 뒤에 사체에 색을 칠하는 엽기 사건도 빈번하게 일어난다. 하지만, 실제로, 그런 짓이 정말로, 가능한 것일까. 대체 어떻게? 어떤 정신 상태에서? 인간은 정말로 악한 짓을 할 수 있는 건가?

20

고통스러운 호흡 소리에 눈이 뜨였다.

목숨이, 열심히 숨을 쉬려고 하고 있었다. 나는 그 숨 쉬는 소리를 듣고, 그녀가 다량의 수면제를 먹었다는 것을 깨달았다. 나는 옆에 반듯하게 드러누운 채, 눈을 뜬 상태에서, 가만히 있었다. 심장의 두근거림이 조용히 빨라졌다. 그녀가 먹은 것은 다량의 수면제뿐일까. 좀 더 즉효성이 있는 치명적인 것도 함께 먹은 게 아닐까. 천장의 나이테 무늬가 유혹하듯이 꿈틀거리고, 왜 그런지 지나치게 또렷하게 보였다. 지금 이러고 있을 때가 아니다. 나는 그렇게 생각했다. 하지만 나는 어둠 속에서, 그녀 옆에서, 숨듯이 숨을 죽이고 있었다. 침대 시트의 까끌까끌한 감촉을 가슴팍으로 집요하게 느끼고 있었다. 심장의 두근거림이 다시 좀 더 빨라졌다.

전깃불을 켜야 한다, 라고 깨닫고 있었다. 전깃불을 켜고, 상황을 확인하고, 구급차를 부르기 위해 전화를 해야 한다. 하지만 나는 전깃불을 켜면 그녀가 눈이 부실 거라고 느꼈다. 어둠 속에서 빛나는 탁상시계의 야광도료가 발린 초침을 물끄러미 바라보는 나 자신을 깨달았다. 앞으로 한 바퀴만 더, 라고 나는 생각했다. 앞으로 한 바퀴만 더, 라고 생각하면서 잠시 멎었다가 다시 움직이는 초침의 지나치게 빠른 속도를 계속 보고 있었다. 어떻게도 할 수 없는 인력 같은 것을 느끼고 윗몸만 부스스 일으켰다. 그녀를 옆에서 들여다보았다.

눈썹을 찡그리며 조그만 입으로 그녀는 쾌락에 헐떡이는 것처럼 숨을 쉬었다. 버튼 두 개가 풀린 셔츠 사이로 살굿빛 가슴의 융기가 반만 내다보였다. 긴 셔츠로 감춰져 있지만 하반신은 속옷밖에 입고 있지 않았다. 그녀의 몸이 땀으로 젖어 있었다. 지나칠 만큼 땀에 젖어 있었다. 그 모습을, 닫는 것을 깜박 잊은 커튼 틈새로, 달인지 가로등인지 모를 빛이 비추고 있었다. 마치 내게 이것을 보라고 요구하듯이. 나를 이 상황으로 초대하듯이.

어질러진 다량의 알약 포장지는 한 종류가 아니었다. 이대로 두면 그녀의 몸은 연약하게, 연약하게, 움직임을 멈출 터였다. 호흡이 흐트러지는 나 자신을 깨달았다. 아까부터 내 호흡은 시끄럽다. 점점 더 목이 말랐다. 그런 그녀를 보면서.

이건 뭘까. 나는 지금까지 이런 인간이 아니었다. 급히 전깃불을 켜고 전화를 했을 것이다. 하지만 나는 그렇게 하지 않았다. 이런 좋은 기회는 좀체 없다고 생각했다. 나의 악이, 그녀를 보고 있었다. 이토록 아름다운 여성을, 본 적이 없다. 이토록 고통스러워 보이고, 가엾고, 망가뜨려 버리고 싶은 여성을. 연약하게 목숨까지 사라지려고 하는 여성은 이토록 아름다운 것인가, 라고 생각했다. 땀에 젖은 그녀가 아직 정사를 벌인 것도 아닌데 힘겨운 듯 헐떡였다. 눈을 감고, 옷이 흐트러진 채, 가엾어진 그녀를, 망가뜨리고 싶다. 그녀를 이대로 기분 좋게, 기쁘게 해주고 싶어서, 그녀가 바라건 바라지 않건, 그녀에게 적합하게, 이만 끝내게 해주고 싶다. 나는 그녀의 입술에, 내 입술을 댄다. 이곳에, 악의 기회가 있다. 돌이킬 수 없을 만큼 추락할 수 있는 절호의 기회가.

마침내, 라고 나는 생각했다. 나는 마침내, 이렇게 될 수 있는 기회 속에, 나 자신의 자리를 잡았다. 지금까지의 모든 것은, 이걸 위해서였다고 느꼈다. 나의 존재가, 나의 몸과 일치하려 하고 있었다. 그저 키스를 하는 것뿐이다, 라고 나는 생각했다. 키스를 다 하면, 나는 전화를 걸어 그녀를 구해낼 것이다. 나는 그녀의 셔츠를 천천히 벗기고 가슴을 더듬는다. 여기까지뿐이다, 라고 생각했다. 여기까지만 하고 나는 전화를 걸어 그녀를 구할 거라고. 하지만 나는 다음으로 그녀의 속옷을 벗긴다. 여기까지만, 여기까지만, 이라고 하면서 나는 끝까지 해버리리라. 엄숙한 죽음 따위 문제로 삼지도 않고, 그녀를 몰래몰래 훔치면서. 그녀의 몸만이 아니라 그 생사까지 지배하는 듯한 감각에 휩싸여서. 나는 이제 아무것도 문제가 되지 않는다. 여태까지 내가 괴로워했던, 배제하려고 했던 나의 어두운 부분이, 온몸에 스미듯이 밀려들어 왔다. R이 존재했던 시절의, 맨살의 나 자신. 나는 생각했다.

처음부터 이렇게 했으면 좋았던 거라고. 군이 주위에 맞춰 나갈 필요도 없었고, 나 자신을 감출 필요도 없었고, 고민할 필요도 없었고, 그냥 받아들이면 되었던 거라고. 내가 어떤 존재이건, 뭐가 어떻게 되건, 그게 대체 무엇이란 말인가. 게다가 이건 주위에 들킬 일이 없는, 밀실 속의 '어두운 부분'이다.

그녀는 자기 스스로 죽는 거니까. 계속 우유부단하게 머뭇거리던 나에게 마치 이 세계가 해방의 기회를 제시한 것처럼. 아니, 그보다는 세계가 마치, 너의 본질은 이렇다, 라고 나를 깨우쳐 주기 위해 제시한 것처럼. 주위에 들키지 않더라도 나의 내면은 어떤 의미에서는 끝나버리리라. 하지만 착실하게 살아갈 필요가, 과연 있는 걸까. 한 번밖에 없는 인생을, 항상 건전하게 살라고? 뭘 위해서? 그녀를 더듬으면서, 나는 깨달았다.

다이치가 본 것은, 꽁꽁 묶인 아버지와 어머니만이 아니라 그 상황 자체였다는 것을. 자신이 오랜 시간 꿈꾸었던 소원을, 지금, 어느 누구에게도 들키는 일 없이, 완벽하게 달성해 낼 수 있는 순간과 대치하는 감각이었다는 것을. 이 기회를 놓치면 다시 자신은 진흙탕 같은 망설임에 허우적거려야 하는, 이런 기회는 평생 다시 올 수 없는, 그런 상황이 바로 눈앞에 들이닥쳤다는 것을. 인간은 각오도 없이 악한 짓을 해낸다. 지금 내가 그녀를 죽게 내버려 둘 각오도 없는 채, 죽어가는 그녀를 보면서 더듬고 있는 것처럼. 다이치의, 사회에 적응하기 전의, 생의 충동. '다신'의 힘을 빌려 어떻게든 해방되려고 했던, 아무것도 문제가 되지 않는 영역에 가려고 했던, 그의 충동.

나는 죽으려고 하는 그녀 위에 올라탔다. 그녀를 죽여주기 위해서. 그녀의 죽음이 되기 위해서. 사정하면 끝장이라는 건 알고 있다. 하지만 그 뒤의 나는 이미 내가 아니리라. 이 세계의 온기를 필요로 하지 않고, 선량함도 필요로 하지 않고, 희망도 필요로 하지 않고, 지금까지의 내면의 상처 따위도 아무 문제가 되지 않는, 나는 마구잡이로 부조리한 존재가 된다. 어렸을 때 보았던 그 공원의 거대한 풍경이 떠오른다. 나는 그쪽 편으로, 그 잔혹한 세계 편으로 간다. 세계가 인간에게 부여하려고 하는, 냉혹함 쪽으로 간다. 나는, 나를 능가한다. 세계의 정체正體 속으로 간다. 내면의 상처 따위, 아무 문제도 되지 않는다. **이 세계는 누구에게나 평등한 것이다. 누가 죽건 누가 살건, 별다를 것 따위 아무것도 없는 것이다.** 나는 그녀의 죽음이 된다. 부글부글 거센 뭔가가 끓어오른다. 나를 뛰어넘는 것이 솟구쳐 오른다. 뭔가와 일체가 되어간다. 나의 출구. 나는 크게 숨을 들이쉰다. 몸에 힘을 넣는다. 그렇다, 그렇다, 나는……

심장에 둔한 아픔을 느꼈다. 나는 움직임을 멈췄다. 그대로 경직된 채 움직일 수 없었다. 그녀가, 나를 보고 있었다. **내내 보고 있었다.**

그녀는 분명하게, 죽으려고 수면제를 먹은 것이 아니었다.

상당히 위험한 양이기는 했지만, 만일 구조된다면 어쩔 수 없다는 정도의, 그녀 특유의 애매함으로 평소보다 좀 많은 양을 먹었을 뿐이다. 그녀가 나를 보고 있었다. 죽으려고 하는 그녀의 몸에 올라탄 나를, 그런 그녀이기 때문에 더더욱 원했던 나를. 그녀는 미소를 짓고 있었다. 나의 치부를 고스란히 볼 수 있었다는 듯이. 당신도 마침내 나와 똑같은 영역까지 추락했다는 듯이. 범죄를 들킨 나와, 과거에 범죄를 저지른 그녀의 시선이 마주쳤다. 우리는 내내 서로를 바라보았다.

"아……."

그녀가 가냘프게 뭔가를 말하려고 했다. 나는 그녀에게 얼굴을 가까이 댄다. 똑같은 '어두운 부분' 속에서.

"당신이 좋아."

그녀가 내게 그렇게 말한 것은 처음이었다. 그녀가 진심으로 그렇게 말한다는 것이, 목소리의 울림이나 그녀의 표정에서 전해졌다.

방 안이 조용해졌다. 나는 그 어둠 속에서 내 심장이 계속 두근거리는 소리를 듣고 있었다. 이건 우스꽝스럽잖아, 라고 나는 생각했다. 태어나서 지금까지 누군가에게서 나를 필요로 한다는 말을 들은 건 처음이었다. 연애놀음이 아니라, 누군가에게서 진심으로 그런 말을 들은 것은 어린 시절을 포함해 처음이었다.

"**방해했군**……. 미안해."

그녀가 다시 눈을 감았다. 고통스러운 듯이. 나는 휴대전화를 집어 들었다.

21

장마철에 접어들어 계속 비가 내리고 있다.

비는 언제나 내게 무력함을 떠올리게 한다. 우리는 그것이 멎기를 기다리는 수밖에 없으니까. 우리는 외부에 생활을 통제당하고 있다. 멈추는 일 없는 지진도 마찬가지다.

그녀와 혼인신고를 했다. 그때의 수면제는 실제로 상당한 양이었지만, 병원에 간 덕분에 그녀는 이윽고 눈을 떴다. 장마가 끝나고, 우리가 무엇을 어떻게 정리해야 할지 알지 못한 채 멍해져 있을 때, 그녀가 혼인신고를 하고 싶다고 아무 일도 아닌 척 말했다. 나는 딱히 거절할 이유도 없었다. 그 뒤로 그녀는 가볍고 유쾌해졌지만, 그것은 새로운 생활에 희망을 품는 다는 식의 그런 건전한 이유 때문이 아니었다. 그 유쾌함은 마치 인생 게임을 하는 듯한 것이었다. 사람의 인생을 흉내 내는 놀이를 하는 듯한. 마치 그녀의 어머니가 크나큰 슬픔 뒤에 갑작스럽게 히오키 다케시와 결혼했던 것처럼.

나는 그녀의 과거에 신경을 쓰는 덫에 빠질 뻔했다. 그녀가 뒷조사를 해서 먼저 만난 사람이 그 행방불명된 남자였다는 것에 집착할 뻔했다. 사실은 그가 1번이었던 게 아닐까. 나는 2번이고? 그런 의심을 하다가 나는 히오키 다케시를 떠올리며 피식 웃었다. 이래서는 똑같은 일의 반복이다. 나처럼 존재가 희미한 자가 그녀의 강고한 스토리 속에 휩쓸려 든 결과가 아닌가. 하지만 나는 전례를 알고 있었다. 그런 귀찮은 덫에는 걸리지 않는다.

나는 사토 변호사 밑에서 일하고 있다. 두 마리의 고양이 비서와 함께. 가토 씨는 나를 이 업계에서 일할 수 없게 만들겠다고 했었지만, 그렇게까지는 하지 않은 모양이다. 사토 변호사 밑에서 일하는 것은 더할 수 없이 따분하다. 인생이 따분하다는 점을 날이면 날마다, 그렇지, 맞지, 라면서 통렬하게 배우고 있을 만큼.

사법고시 공부는 하고 있지만, 딱히 합격하지 않아도 상관없다. 다 거기서 거기니까. 만일 누군가에게 이런 말을 하면 그 누군가는 희망을 가지라고 말해줄까. 때때로 나는 생각한다. 희망이 필요하다면, 당연히 찾아내면 된다. 굳이 깊이 파고들어 고민하는 것을 멈추면, 인생에 겸허해진다면, 친근한 희망쯤은 금세 찾아지니까. 뭔가가 내 안에서 끝이 났고, 그리고 아무것도 시작하려고 하지 않았다. 하지만 그걸로 뭐 괜찮지 않으냐고 생각하고 있다. 왜 그런지는 모르겠지만, 뭐랄까, **나는 지금 대단히 편안하다.**

하루하루가 따분한 것에는 변함이 없다. 그녀도 가볍고 유쾌하게 "따분하네"라고 하루에도 몇 번씩 내뱉는다. R이 내게 손을 흔들며 사라져가는 꿈이라도 꾸지 않을까, 하고 생각했지만 그런 꿈도 꾸지 않았다. R은 이제 이런 나에게는 흥미조차 없는 모양이다.

자아…… 과연 몇 년이나 갈까. 만일 이대로 팔십까지 산다면 누군가 표창장이라도 줄까.

내가 자막투성이의 텔레비전을 보고 있을 때, 그녀가 커피를 내려줬다. 고맙다고 말하고 잔에 손을 내밀었을 때, 그녀가 짧게 아, 하는 소리를 냈다.

"당신, 설탕 안 넣으니까 이쪽이야."

그녀는 그렇게 말하고 자신의 잔과 내 잔을 바꿨다. 별스러운 장면도 아닌데 나는 그런 그녀의 손동작에서 위화감을 느꼈다. 왠지는 모르겠지만 그 움직임이 뭔가의 상징처럼 생각되었다. 우리는 잠시 조용히 커피를 마셨지만, 그녀가 갑작스럽게 미소를 지었다.

"만일 우리 사이에 아이가 생긴다면 말이야…… 그 아이가 이런 생각을 하지 않았으면 좋겠어."

"어떤 생각?"

"누군가 한 사람이 없어지면, 이라고."

고약한 농담이다. 하지만 그때, 내 안에 한 가지 의심이 조용히 떠올랐다.

어쩌면 이 누이와 오빠는 애초부터 공범이었던 게 아닐까.

다이치는 부모의 살해 계획을 사나에에게 구체적으로 말했던 게 아닐까.

어떤 계획이었는지는 모르겠다. 이를테면 칼을 쓸 것인지

독극물을 쓸 것인지. 하지만 다이치가 부모의 살해에 관해 수없이 사나에에게 언급했다고 하니까 어떻게 그것을 실행에 옮길 것인지, 그 구체적인 이야기도 다양하게 해줬을 가능성이 높다.

범행 후에 남겨지게 될 흉기 등의 증거를 어떻게 실수 없이 처분해야 하는지, 다이치는 사나에에게 말해주고, 내가 계획을 실행에 옮겼을 때, 사나에 너는 이러저러하게 움직여야 한다, 라는 식으로 미리 역할 분담을 했던 게 아닐까. 그럴 만큼 나는 진짜로 해치울 생각이야, 라고 사나에에게 다짐했던 게 아닐까. 사나에가 미처 불로 다 태우지 못한 옷가지 등의 잔해를 내다버린 곳은 예전에 다이치와 함께 놀던 곳이라고 말했었다. 사나에는 다이치의 계획을 멍하니 들으면서, 반신반의인 채로 들으면서, 그에게는 비밀로 하고 뒷문을 열어두었던 게 아닐까.

그녀의 긴 고백을 듣고 나서 내내 마음에 걸렸었다. 그녀의 이야기에는 부자연스러운 점이 몇 가지나 있는 것 같았다. 그 부자연스러운 부분을 하나하나 짚어나가면, 뭔가 또 다른 사실이 희미하게 떠오를 것 같았다.

다이치가 굳이 어머니의 옷을 벗긴 것은 어째서일까. 다이치는 부모를 그런 식으로 살해하면서, 빈집털이범이 증언 따위는 할 리 없다고 생각했고, 따라서 들킬 일도 없다고 생각해서 그즈음에 유행하던 엽기 사건을 당한 것처럼 꾸미려고 했던 게 아닐까. 변태적인 성인의 범행으로 위장하기 위해서. 왜냐하면 애초에 미래의 사나에의 몸을 보고 싶어서 일부러 어머니의 옷을 벗긴다는 것은 부자연스러운 일이기 때문이다. 어머니의 옷을 벗긴 이유는, 최소한 사건 현장을 다른 식으로 꾸며놓기 위한 것이라고 생각하는 게 자연스럽다. 성적으로 뭔가 하려고 했던 것이라고 해도, 그런 거라면 사나에의 눈앞에서 했을 리가 없다.

그렇다면 다이치는 그런 범행을 저지르고도 실은 살아보려고 했다는 얘기가 된다. 애초에 그런 성격의 다이치가 쉽게 사나에를 포기했을까. 쉽게 죽음을 선택했을까. 체포된다고 해도 소년원에 가면 그뿐일 텐데. 심장의 두근거림이 조금씩 빨라져 간다. 다이치는 그저 평소에 하던 대로 동요를 억누르기 위해 사나에의 수면제를 조금 마시려고 했을 뿐인지도 모른다. 그녀가 수면제 주스와 다이치의 독극물을 바꿔치기해서 다이치에게 건넸던 게 아닐까. 그녀는 때때로 수면제 주스가

든 병을 그에게 내주곤 했었으니까.

"그는 너무도 큰 고통에 깜짝 놀란 얼굴로 나를 보면서, 목
구멍에 뭔가 걸린 것처럼, 뭔가를 토해내려고 하는 것처럼 허
리를 꺾었어. 목과 얼굴의 핏줄이 엄청 튀어나오고, 입을 헤벌
린 채, 웃는 것처럼 얼굴을 일그러뜨리고 주저앉아 버렸어."

다이치는 정말로 고통스러움에 깜짝 놀라서 그녀를 보았던
것일까. 그가 놀란 얼굴로 사나에를 바라본 이유는, 실은 뭔가
다른 데 있었던 게 아닐까. 그녀는 다이치의 말을 듣고 그의
방에 가서 독극물을 가져온 게 아니라 뭔가 무서운 사건이 일
어난 듯한 1층에 내려올 때, 자신을 지킬 무기 삼아 그 독극물
을 직접 가져왔던 게 아닐까. 다이치가 가져오라고 한 것은 수
면제 쪽이었던 게 아닐까. 그녀는 2층에 수면제를 가지러 갔
고, 하지만 아마도 어둠 속이었을 터인 거실에서 크게 동요한
다이치에게 병을 바꿔서 건넸다. 그 나이대의 소년이 범행을
저지른 당일에 즉시 용기를 내어 스스로 독극물을 먹는 게 과
연 가능한 일인가. 그는 독극물에 대해 공부했기 때문에 그 독
이 얼마나 고통스러운지도 잘 알고 있었을 터였다. 소년범죄

에서 범행 직후에 소년이 자살하는 사례는 거의 없다. 사나에를 손에 넣고 싶었던 거라면, 적어도 자신이 죽는 것보다 먼저 그녀에게 마시게 하는 게 일반적이지 않은가. 그는 사나에를 소유하고 싶었던 것이니까. 누구에게도 빼앗기지 않겠다고 줄곧 말했으니까. 역시 뭔가 이상하다. 그런 다이치가 자진해서 먼저 죽음을 선택했을까.

내가 만일 다이치였다면, 하고 계속 생각한다. 나는 그와 분위기가 비슷하다고 하니까. 그런 나 자신의 성격을 활용해 다이치가 되어서 상상해 본다. 히오키 사건에 대해 새삼 재고해 보기도 한다. 그녀와 함께 생활하면서. 그녀를 내내 옆에서 보면서. 그녀와 함께 막 사들인 식탁에서 밥을 먹으면서. 그녀와 어쩌다 외출을 하면서. 그녀의 웃는 얼굴을 보면서. 그녀의 부루퉁한 얼굴을 보면서…… 내 안에 차례차례 추리가 떠오른다. 물론 증거는 어디에도 없다. 이 영역에 뛰어들기 위해서는 이제 상상하는 것밖에 할 수 있는 게 없다. 하지만 이런 식으로 생각하는 게 더 자연스럽게 맞아떨어지는 얘기가 아닐까.

그녀는 다이치에게서 구체적인 범행과 그 뒤처리에 대한

말을 미리 들었기 때문에 다이치가 죽은 뒤에도 그렇게 척척 움직일 수 있었다. 멍하니 뒷문이나 열어두는 정도의 소녀가 그토록 신속하게 증거를 없애는 행동에 나설 수는 없다. 현실은 다이치의 계획보다 느닷없고 난폭했지만 조금은 맞아떨어졌다. 그래서 그녀는 신속하게 움직일 수 있었다. 상당히 불충분하기는 했어도 어떻든 행동에 옮길 수 있었다. 그녀는 무슨 일이 일어났을 때를 대비해 **다양한 사례를 상정해 가며** 어두운 벽장 안에서 수없이 수없이 상상했던 것이다. 그녀의 바람은, 자신을 둘러싼 상황을 바꾸고 또한 자신은 아무 탈 없이 피해자의 껍데기를 둘러쓰는 것이었으니까……. 그녀의 행동은 모두 거기에 부합한다. 그녀의 입장에서 보면, 다이치가 살아 있는 것은 지속되는 비극에 지나지 않았을 터다. 누군가 한 사람이 없어지면……. 내내 그렇게 생각했던 그녀는 다이치의 실제적인 죽음도 상상했을 것이다. 만일 다이치가 자살한 것이 아니라면, 그에게 독극물을 마시게 할 수 있는 것은 그녀밖에 없다. 다이치에게 수면제를 건네줄 때마다, 이게 독약이라면, 하고 상상한 적도 있었으리라. 그 사건에는, 그녀의 고백 이외의 뭔가가 분명 있을 것만 같다. 그녀는 조그만 손으로 다이치에게 수면제가 아니라 독극물을 내주었다. 그녀의 '히어로'의 힘을 빌려서. 그리고 다이치는 깜짝 놀란 얼굴로 그녀를 보았다⋯⋯.

그리고 그것을, 그녀가 뒤집은 스토리 중 하나로 만들어버렸다고 한다면? 그 이상한 시간 속에서 그녀의 어린 의식이 자기 뇌의 미궁 속에 다이치의 약병을 바꿔치기한 순간의 기억을 꽁꽁 처넣어 버렸다면? **혹은 자신이 약병을 바꿔치기 했을 때 그녀에게는 그런 자각이 없었다고 한다면?** 즉, 세계에 적응하기 전의 다이치가 품은 욕망의 강력한 발로를, 그보다 좀 더 세계에 적응하기 전의 여동생 사나에가, 오빠의 욕망을 뛰어넘을 정도의 자연스러움과 천진함으로, 그 욕망과 함께 오빠를 처리해 버린 결정체가 그 사건이었던 게 아닐까. **그렇기 때문에 그 사건은 다양한 사람을 끌어들였던 게 아닐까.** 내면에 '어두운 부분'을 떠안고 있는 사람들을, **그리고 그런 자신을 처리해 줬으면 하는 생각을 가진 사람들을.** 이것이 그 사건의 총체적인 진상이 아닐까. 아니면, 이건 나만의 지나친 생각일까.

나는 거기까지 생각하고는 의식적으로 슬쩍 고개를 저었다. 여기까지 와버렸으니 이제는 그래도 상관없다. 나는 나 자신의 악덕도 이제는 알고 있으니까. 그녀와 한편이 될 수 있는 건 나 같은 존재밖에 없는 것 같기도 하니까. 설령 최악의 사실이 드러난다고 해도, 어찌 됐건, 우리는 이미 떨어질 수 없다. 뭔가 불편한 진실이 만일 또 있다고 해도, 이제는 잊어버리면 된다.

만일 기억이 나서 그녀가 이상해져 버린다 해도, 나는 곁에 있을 것이다. 혼자서 고민하는 건 분명 쓸쓸할 테니까. 우리는 최고의 듀엣이니까.

옮긴이의 말

위악僞惡의 실험

도쿄 네리마구의 주택가에서 엽기적인 살인사건이 일어난다. 밀실 상태의 집 안에서 남편 히오키 다케시와 그의 아내 유리는 예리한 칼로 수차례 난자당하고 중학생 아들은 심하게 구타당한 끝에 독극물을 먹고 사망한 채로 발견된다. 뛰어난 미모의 아내 유리는 나체 상태였고 그 주검 주위는 수많은 종이학으로 장식되어 있었다. 가족 중 유일하게 살아남은 사람은 당시 열두 살이던 딸 사나에뿐이었다. 세간에 엄청난 충격을 던진 이른바 '종이학 사건'은 대대적인 수사에도 범인을 잡지 못하고 결국 미궁에 빠진 채 22년이 흘러간다.

변호사 사무실에서 일하는 신견은 최근에 왜 그런지 '나답지 않은 짓'을 해보자고 마음먹는다. 어느 날 저녁, 바에서 우연히 중학교 동창을 만나 밤을 함께 보낸다. 다음 날 아침, 출근 시간에 쫓긴 신견은 그녀의 이전 동거인의 양복을 입고 나오는데 그런 그에게 탐정이라는 한 남자가 다가와 충격적인 말을 건넨다. 간밤의 그녀가 바로 '종이학 사건'의 유일한 생존자 사나에라는 것이다. 게다가 그녀의 전 동거인은 행방불명이라서 그를 찾고 있다고 한다. 신견은 이 미궁 사건에, 그리고 사나에에게 점점 깊이 빠져드는데……..

　작가 나카무라 후미노리는 1977년생으로 일본 아이치현 출신이다. 소년 시절에는 복잡한 가정환경에 타인도 이 세계도 싫었지만, 따돌림을 당할까 봐 학교에서는 자신을 보통 아이인 척 가장하곤 했다고 한다. 그는 작품 속에 나오는 'R'이 예전에 자신의 내면에 실제로 있었던 존재이며, 그 'R'이라는 가상의 친구가 유일하게 의지할 곳이었다고 고백한 바 있다. 결국 고교 시절에 자주 학교를 결석하게 되었다. 그런 때에 만난 것이 다자이 오사무의 『인간 실격』이라는 소설이었다.

"나도 인간으로서 실격이니까 한번 읽어보자고 생각했어요. 처음 읽었을 때의 충격은 대단했습니다. '이건 내 얘기다!'라고 느꼈어요. 이 세상에서 처음으로 의지할 수 있는 것을 발견한 기분이었습니다. 믿어도 좋은 것을 발견했다, 라는 느낌이었죠. 엄청나게 강렬한 독서 체험이었습니다."

— 「작가의 독서도讀書道」, 《WEB 책의 잡지》 제152회, 2014

고교 시절이 끝날 무렵에는 우울해서 견딜 수가 없었다. 대체 자신이 무엇 때문에 괴로워하는지 정리해 본 것이 글을 쓰기 시작한 계기였다. 일기, 시, 단편소설 같은 것을 자연스럽게 써 내려갔다. 그때 썼던 것들이 실제로 『모든 게 다 우울한 밤에』라는 작품에 나오는 주인공의 글로 등장하기도 했다.

대학은 '집에서 가장 먼 곳'으로 가고 싶어서(실은 공부가 너무 싫었고 그 결과 자신의 성적으로 선택할 수 있는 곳이 한정적이었기 때문에) 도호쿠의 후쿠시마대학 행정사회학부를 다녔다. 그런데 북쪽 지방에서의 이 대학 생활이 의외로 그를 따듯하게 맞아주었다. 전국 각지의 괴짜들이 한데 모인 듯한 재미있는 분위기 속에서 점차로 인간 혐오도 옅어져 갔다. 그즈음에 도스토옙스키, 카뮈, 사르트르, 앙드레 지드, 카프카 등의 작가를 탐독했고 상당한 양의 소설 습작도 했다. 졸업 시기는 2000년도였는데, 그 당시는 말 그대로 살벌하기 짝이 없는 '취업 빙하기'였다. 그렇다면 내가 하고 싶은 일을 하자, 라는 생각에 소설가가 되기로 했다.

도쿄로 나가 편의점 아르바이트 등을 하면서 '고독하게' 소설을 쓰기로 했다. 하지만 차츰 그런 처음의 동기에서 멀어져 가는 것을 느꼈다. 프로 소설가가 되기 위해 '독자에게 잘 먹히는 이야기'를 저도 모르게 궁리하고 있었다. 아르바이트 벌이로는 전기도 가스도 수도도 끊길 만큼 생활이 궁핍했다. 이런 어려움 속에서 소설가가 되려고 하는데 내가 쓰고 싶은지 어떤지도 잘 알지 못하는 글을 쓰는 것은 아무 의미가 없다, 라는 생각이 들었다. 어느 순간, '뭐, 이제 됐어, 프로가 된다든가 시대가 어떻다든가 그런 건 모르겠고, 내가 하고 싶은 것을 하자'라고 깨달았다. 문체를 바꾸고 자신의 마음의 흐름에 집중해서 『총銃』이라는 첫 작품을 완성했다.

작가의 이름을 알지 못한 채 읽어도 나카무라 후미노리의 소설이라는 것을 알게 된다, 라는 독자 평이 많지만, '나다운 이야기를 쓰자'는 결의가 문단 어디에서도 찾아보기 힘든 독특한 시선과 문체, 헤어나기 어려운 늪과도 같은 우울을 빚어내는 데 성공한 이유일 것이다. 그의 신선한 문체와 구성에 매료된 신초사 편집부에서 '혹시 심사 위원들이 낙선시키더라도 나중에 우리 출판사에서 작품을 출간해 달라'라고 부탁했을 정도라고 한다. 다행히 심사 위원의 눈에도 들어서 『총』은 제34회 신초 신인상을 받으며 등단했다. 2002년 스물다섯 살 때였다. 연말에는 즉각 아쿠타가와상 후보작에도 올랐다. 그리고 등단 3년째였던 2005년에 『흙 속의 아이』로 마침내 제133회 아쿠타가와상 수상이라는 최고의 영예를 얻었다.

매 작품마다 인간의 내면에 자리한 '악悪'을 테마로 삼는 젊은 괴물 작가의 탄생을 문단에서는 2004년 노마문예신인상 (『차광遮光』), 2010년 오에겐자부로상(『쓰리』), 2016년 분카무라되마고상°(『나의 소멸』), 그리고 2020년 주니치문화상 등으로 환영해 주었다. 해외에서도 주목을 받았다. 『쓰리』는 《월스트리트저널》의 '2012년 최고의 소설 10선'에 선정되고, 이듬해인 2013년 로스앤젤레스타임스 북 프라이즈에도 이름을 올렸다. 이어서 『악과 가면의 룰』은 《월스트리트저널》의

° 일본 출판그룹 '분카무라'가 주최하는 문학상의 하나로, 프랑스의 '되 마고' 문학상이 가진 선진성과 독창성의 정신을 본받아 기성관념에 사로잡히는 일 없이 항상 새로운 재능을 발굴하겠다는 목적으로 1990년에 창설되었다.

'2013년 최고의 미스터리 소설 10선'에 뽑히고, 2014년에는 '누아르 소설에의 공헌을 기려' 미국에서 데이비스구디스상°° 을 받았다.

『미궁』은 두 개의 축을 중심으로 읽어나가면 더욱 깊이 있는 독서를 할 수 있을 것이다. 첫 번째는 22년 전에 일어난 '히오키 사건'이다. 주인공 신견은 유일한 생존자 사나에를 우연히 재회하고, 그 사건과 관련된 전 동거인, 인권변호사, 프리라이터, 정신과 의사 등을 차례로 만나면서 서서히 미궁 속으로 빨려 들어간다. 이야기는 인상적인 프롤로그에 이어 단한 페이지도 긴장의 끈을 놓을 수 없는 강한 흡인력을 유지한다. 두 번째는 신견이 근무하는 변호사 사무실에서의 정리해고에 얽힌 이야기다. 초과 채무액을 돌려받고 눈물을 흘리는자가 있는가 하면(그는 좀 더 돈 욕심이 났는지 나중에 강도 짓을 한다), 빚을 갚지도 않았으면서 변제해 달라고 요구하는 자도 있다. 불륜을 즐긴 상사는 그녀를 사랑한(혹은 스토킹한) 부

°° 　미국의 하드보일드 작가 데이비드 구디스(David Goodis, 1917~1967)를 기념하는 문학상. 필라델피아의 '누아르 컨벤션'이라는 단체가 2년에 한 번씩, 한 작가에게 수여하는 상이다.

하 직원을 함정에 빠뜨리려 하고, 그 부하 직원은 도와주려는 주인공을 함정에 빠뜨린다. 정리해고를 당하게 된 동료를 위해 주인공은 또 다른 계획을 세우지만 그 동료를 좋아할 수는 없다. 선도 악도 불확실한 일련의 과정을 주목해서 읽어본다면 주인공의 내면에서 끊임없이 어른거리는 파멸에의 선망과 '존재의 경향과 반대되는 짓'을 해보자는 '위악'이 무엇을 위한 것인지, 그 방향성을 발견할 수 있을지도 모른다.

그리고 또 한 가지, 빠뜨려서는 안 될 것이 있다. 『미궁』은 2011년 동일본 대지진 및 후쿠시마 원자력발전소 사고가 일어난 그다음 해에 발간된 소설이다. 너무도 흉포하고 잔혹한, 너무도 불가해하고 부조리한, 어린 주인공이 어머니에게서 버림받고 목격한 기계적인 세계의 무서움을 재차 목도하게 한 듯한 대참사였다. 전 지구적 대재앙을 마주한 한 인간으로서써 내려간 이야기라고 생각하면 뭔가 이 소설이 전혀 다른 느낌으로 다가오지 않을까.

날마다 원자력발전소 사고에 관한 뉴스가 흘러나오고, 정치인들은 지진피해 복구의 이권을 놓고 '체스의 말'처럼 다툰다. 인권변호사는 방사능 오염을 염려해 "수돗물도 쓰고 싶지 않아"라고 말한다. 예측할 수 없는 여진은 장소를 가리지 않고 사람들을 좌우로 위아래로 흔들고, 왕년의 인권변호사도 정신과 의사도 그리고 주인공 신견도 불안한 틱 증상을 보인다. 그런 암울한 시대를 상상하면서 다음 문장을 다시 읽어본다면 새삼 고개를 끄덕이지 않을 수 없다.

나답지 않은 짓을 하자고 생각했다. 내 존재의 경향과 반대되는 짓을 해보자, 때로는 무리를 해가면서도.

의외의 행동을 하고 싶다, 나를 내려놓고 싶다, 이제부터 어떻게 해야 할지 아무 전망도 없는 위태롭고 두근두근한 감각 속으로. 일상의 예정조화豫定調和로부터의 일탈.

착실하게 살아갈 필요가 과연 있는 걸까. 한 번밖에 없는 인생을 항상 건전하게 살라고? 뭘 위해서?

작가는 대지진이나 원자력발전소 사고를 직접적으로 묘사하지는 않지만, 거기에 수많은 사람들을 파멸적인 광기로 이끌어간 '종이학 사건'을 중첩시키면서 모두가 객관적으로 납득할 만한 진실이 미궁에 빠져버린 상황을 그려낸 것으로 보

243

인다. 암담한 불안 속을 한없이 헤매면서 모두가 그 원망의 창끝을 어디로 향해야 할지조차 알 수 없는 상황을.

시인이자 문예평론가인 요시다 후미노리는 이 소설의 서평에서 다음과 같이 말하고 있다.

'동일본대지진 이전과 이후'라는 용어가 심심찮게 쓰이고 있다. 하지만 언제부턴가 혹은 언제든, 자각적인 표현의 세계는 대지진 '이후'를 살아왔던 게 아닐까. 그래도 뭔가 달라졌다. 보이지 않는 것이 보이게 되었다. 또한 거기에는 스스로를 면책하지 못하는 당사자 의식도 따라붙는다. 알지 못한 것들이, 알려지지 않았던 것들이, 또한 거기에서 스스로 뭔가 이익을 향수하고 모종의 권력이나 언설에 의해 통제되어 눈에 보이지 않도록 해왔던 것들이 이제는 분노와도 같은 자책의 마음과 사후의 가해자 의식으로 반전한다.

스스로 종이학 사건의 범인이라고 상상하고 오히려 범인이기를 바라는 일그러진 심리는 절망적인 시대에 개개인의 내면에 서린 자책의 암중모색을 묘사한 것이리라. 주인공은 끊임없이 무리를 해가며 위악에 위악을 덧칠하는 실험을 한 끝에 이윽고 자신의 악덕을 알고 그것을 인정한다. 밝혀진 듯 밝혀지지 않은 '종이학 사건'에 다양한 진실의 갈래갈래를 펼쳐놓고 그 미궁에 기꺼이 발을 들이밀어 절망조차 상실한 혼돈 속에서 한 줄기 희망의 길을 찾아나가는 것이다. 진실을 은닉한 그녀와 최고의 듀엣이 되어서.

나카무라 후미노리의 작품은 총 다섯 권을 번역했는데 매 작품마다 독창적인 의식의 흐름이 너무도 신선해서 경탄할 수밖에 없었다. 이만큼 음울한 절망을 그려나가는 것은 그야말로 정신의 맨살을 깎아내는 듯한 작업일 게 틀림없다. 그는 한국을 좋아하는 작가여서 방한 때마다 만날 기회가 있었다. 그런데 의외로 어디에서도 창작의 고뇌는 찾아볼 수 없고 오히려 명랑하고 천진한 얼굴에 패션 센스도 세련되었다. 그 괴리가 어떤 종류의 균형 잡기에 성공한 것처럼 보여서 산뜻했다. 이 소설을 읽는 독자에게 작가가 바라는 것 또한 그런 균형을 잡아가는 책 읽기일 것이다.

2022년 8월
양윤옥

미궁 迷宮

옮긴이 **양윤옥**

일본문학 전문번역가. 히라노 게이치로의 『일식』 번역으로 2005년 일본 고단샤에서
수여하는 노마문예번역상을 받았다. 대표적인 번역서는 무라카미 하루키의 『1Q84』,
『직업으로서의 소설가』, 『여자 없는 남자들』, 히가시노 게이고의 『나미야 잡화점의
기적』, 『악의』, 『유성의 인연』, 『녹나무의 파수꾼』, 아쿠타가와 류노스케의 『지옥변』,
다자이 오사무의 『인간 실격』, 스미노 요루의 『너의 췌장을 먹고 싶어』, 『어리고 아리
고 여려서』 등 다수의 작품이 있다.

미궁

초판 1쇄 인쇄 2022년 8월 17일
초판 1쇄 발행 2022년 8월 24일

지은이 나카무라 후미노리
옮긴이 양윤옥
펴낸이 김선식

경영총괄이사 김은영
책임편집 박하빈 **책임마케터** 권오권
콘텐츠사업2팀장 김보람 **콘텐츠사업2팀** 이은혜, 박하빈, 이상화, 채윤지
편집관리팀 조세현, 백설희 **저작권팀** 한승빈, 김재원, 이슬
마케팅본부장 권장규 **마케팅3팀** 권오권, 배한진
미디어홍보본부장 정명찬 **홍보팀** 안지혜, 김민정, 오수미, 송현석
뉴미디어팀 허지호, 박지수, 임유나, 송희진, 홍수경 **디자인파트** 김은지, 이소영
재무관리팀 하미선, 윤이경, 김재경, 안혜선, 이보람
인사총무팀 강미숙, 김혜진, 황호준
제작관리팀 박상민, 최완규, 이지우, 김소영, 김진경, 양지환
물류관리팀 김형기, 김선진, 한유현, 민주홍, 전태환, 전태연, 양문현, 최창우
외부 스태프 디자인 어나더페이퍼 이희영

펴낸곳 다산북스 **출판등록** 2005년 12월 23일 제313-2005-00277호
주소 경기도 파주시 회동길 490
대표전화 02-704-1724 **팩스** 02-703-2219 **이메일** dasanbooks@dasanbooks.com
홈페이지 www.dasanbooks.com **블로그** blog.naver.com/dasan_books
종이 한솔피앤에스 **인쇄** 민언프린텍 **코팅·후가공** 평창피앤지 **제본** 다온바인텍
ISBN 979-11-306-9273-9 (03830)